# Dumpfe Angst

Jürgen Warmbold

**Über den Autor:**
Der in Braunschweig geborene Autor Jürgen Warmbold hat viele Jahre im kommunikativen Bereich des Marketing gearbeitet und dort als Werbe- und Marketingleiter verantwortliche Positionen in den Bereichen Presse- und Öffentlichkeitsarbeit, Werbung und Verkaufsförderung bekleidet. Seit 1992 ist Warmbold als freiberuflicher Fachjournalist in technischen Themenbereichen tätig. Mit »Kalte Schreie«, »Erfrorene Seelen« und »Falsche Schatten« hat der Autor, der im Bremer Umland lebt, drei Kriminalromane veröffentlicht. Darüber hinaus sind in mehreren Anthologien Kurzgeschichten von ihm erschienen. Die Short Story »Mord im Tussitoaster« ist auch als E-Book erhältlich.

Jürgen Warmbold
# Dumpfe Angst
Kriminalroman

Die Deutsche Nationalbibliothek verzeichnet diese Publikation in der Deutschen Nationalbibliografie; detaillierte bibliografische Daten sind im Internet über dnb.d-nb.de abrufbar.

Vollständig überarbeitete Auflage (2016) der 2015 veröffentlichten E-Book-Ausgabe
Copyright © 2015 by Jürgen Warmbold
Titelbild: Jürgen Warmbold, Selbstbildnis mit Schatten, Aquatinta-Radierung
Herstellung und Verlag: BoD - Books on Demand,
Norderstedt
Printed in Germany
Nachdruck, auch auszugsweise, nur mit Genehmigung des Autors
ISBN 9783741205040

## Prolog

Es wäre besser, sie kehrte um. Das kann sie aber nicht wissen. Wie immer lauscht sie dem Knirschen des Kieswegs. Ein Klang, der angenehme Erinnerungen und Erwartungen in ihr weckt. Das Geräusch, das ihre nackten Fußsohlen auslösen, klingt heute allerdings zwei bis drei Oktaven tiefer. Auch das Zwitschern der Vögel scheint verändert. Sie hört es wie durch Watte. Von Unruhe gepackt, bleibt sie stehen, horcht einen Moment, schüttelt den Kopf und geht weiter. Zwischen duftenden Blumen und gepflegten Staudenbeeten. An ihrer linken Hand baumeln ihre roten Pumps, deren spitze Absätze auf dem unebenen Weg abbrechen könnten.

Vor ihr öffnet sich die Haustür des dunkelrot geklinkerten Friesenhauses. Doch nicht der, den sie erwartet, kommt heraus, sondern zwei Männer, gekleidet in schwarzen Anzügen und Krawatten, die einen Zinksarg tragen. Eine Windböe fegt das Bild weg. Sie fröstelt. Was habe ich bloß für Gedanken?

Das heraufziehende Unwetter türmt graue Wolken auf, die in ihre Richtung treiben. Sie hält ihr dünnes Jackett vor der Brust zusammen, hetzt zur Tür und läutet. Zweimal, dreimal, viermal drückt sie auf den Klingelknopf. Er reagiert nicht, was bildet er sich ein? Sie hat es nicht nötig, sich wie ein kleines Mädchen behandeln zu lassen. Tut sie ihm unrecht? Bisher ist er stets pünktlich gewesen und es kann ja mal was dazwischenkommen. Andererseits meint sie, seinerseits eine aufkommende Gleichgültigkeit ihr gegenüber gespürt zu haben. Lässt er sie fallen wie eine heiße Kartoffel, nachdem sie ihre Ehe für ihn aufs Spiel gesetzt hat? Das wagt er nicht. Er müsste damit rechnen, dass sie sich ihrem eifersüchtigen Mann anvertraut, der zum Jähzorn neigt und ihn fertigmachen würde. Ein Lächeln huscht über ihr Gesicht. Nein, für solch einen Schritt ist er viel zu weich.

Das Unwetter entfaltet seine volle Wucht, lässt ihre glatten blonden Haare im Wind flattern und lockert am Erker eine Schieferschindel, die ihre Freiheit nutzt, um in einem nervtötenden Rhythmus zu klappern. Dicke Regentropfen klatschen auf den Boden, laufen ihr über die Stirn und die Wangen. Sie rennt zu dem angebauten grünen Holzschuppen und biegt das lose Brett nach vorn, so wie er es ihr gezeigt hat. Der Schlüssel hängt in seinem Versteck. Zurück zur Haustür; sie schließt auf und tritt ein. Hinter ihr knallt die Tür zu. Wie versteinert steht sie da. Hat er vergessen, ein Fenster zu schließen? Oder hat jemand ...? Wie auch immer, hier stimmt was nicht. Der Duft eines teuren Parfüms schwebt im Raum. Eine neue Geliebte? Möchte er es ihr auf diese Weise sagen?

Sie tastet im Flur nach dem Lichtschalter, drückt ihn, es bleibt finster. »Bist du da?« Die Frage klingt wie ein

Hilfeschrei. Keine Antwort. Nur Angst, die sich wie eine zweite Haut über ihren Körper schiebt und ihr das Atmen erschwert. Weshalb gehe ich nicht raus?, denkt sie, ich stehe doch direkt vor der Tür? Kaum hat sie ihre Starre überwunden und eine Hand auf die Klinke gelegt, da hört sie es. Das Geräusch des Messers, das in ihren Rücken eindringt. Das in einem ekstatischen Wechsel herausgezogen und hineingestochen wird. Instinktiv versucht sie, sich festzuhalten, findet jedoch keinen Halt. Kraftlos rudert sie mit den Armen. Ihr Mund formt ein Warum, aber statt eines Tons quillt Blut über ihre Lippen.

## EINS

»Warte Sarah, bitte.«

Sie dreht sich um, die Klinke der Schlafzimmertür in der Hand. »Mach keinen Stress, Jannik, du hast deinen Spaß gehabt. Wenn Bernd von seiner Geschäftsreise zurückkommt und die Wohnung ist leer, gibt´s unnötige Fragen.« Ihre dunkle Stimme verklingt, eine Kusshand noch, dann fällt die Tür mit einem dezenten Klick ins Schloss.

Bernd, Bernd, immer wieder Bernd. Der Lattenrost des Bettes knackt, als er sich frustriert auf die andere Seite rollt. Er hasst Bernd, obwohl er ihn nie gesehen hat. Ihm hat das Foto gereicht, das ihn aus Sarahs Portemonnaie angestarrt hat. Ein kantiger Schädel mit Kurzhaarschnitt und glatt rasiertem Gesicht. Stechend blickende Augen, von denen er sich verfolgt fühlt, sobald Sarah ihre Geldbörse öffnet.

Wie konnte sie solch einen Typen heiraten? Klar, als gut verdienender Unternehmer kann Bernd ihr mehr bieten als er, ein Künstler mit unregelmäßigem Einkommen. Für Sarahs teuren Lebenswandel reicht sein Geld nicht aus. Da hilft es kaum, seine Einnahmen durch Auftragsarbeiten aufzustocken. Er lebt vor allem von Porträt- und Aktzeichnungen sowie von Zeichen- und Radierkursen. Besser er wäre in der Lage, seinen Lebensunterhalt allein durch den Verkauf seiner Bilder zu bestreiten. Immerhin laufen seine Kurse, seitdem der Bremer Tageskurier darüber berichtet hat.

Er setzt sich auf die Bettkante. Der Duft von Sarahs edlem Parfüm schwebt noch in der Luft. Heute ist ihm von ihr auch eine erotische Bleistiftzeichnung geblieben, für die sie gestern Abend Modell gesessen hat. Der Vorschlag ist von ihr gekommen. Er ist überrascht gewesen, zumal er sie schon mehrmals gebeten hat, sich in einer verführerischen Pose zeichnen zu lassen. Bisher hatte sie dieses Ansinnen strikt abgelehnt. Ist das ein Wink, dass Sarah ihm mehr vertraut? Er sollte die Zeichnung sofort fixieren, damit sie nicht verschmieren kann, und sie in eine Schublade legen. Sarah wird nicht wollen, dass er das Bild aufhängt.

Sein Blick fällt auf ihr Foto, das auf seinem Nachtschrank steht. Mit ihren rötlichblonden Haaren, die ihr bis auf die Schultern fallen, ihrem schlanken Gesicht, den rechts und links der Nase sitzenden Sommersprossen und ihren leicht geschwungenen Lippen sieht sie Anna zum Verwechseln ähnlich. Aber Anna ist eine andere Geschichte. Eine Träne löst sich aus seinem Augenwinkel. Rasch drückt er sie weg.

Er hätte Sarah von Anna erzählen sollen. Nicht auszudenken, was geschähe, fände sie Annas Sachen in seinen Schränken. Sarah hat im Hinblick auf Treue, im Gegensatz zu ihrem Mann, konservative Ansichten. Daran ändert auch die Tatsache nichts, dass sie sich mit ihm eingelassen hat, um Bernd mit gleicher Münze heimzuzahlen.

Er geht zu dem Sideboard, in dem er Wäsche aufbewahrt. Zögernd nimmt er ein Leporelloalbum aus der unteren Schublade, wiegt es in den Händen, als wolle er das Für und Wieder abwägen, zieht es wie eine Harmonika auseinander und stellt es auf das Board. Fotos, die verdeutlichen, wie eng seine Beziehung zu Anna gewesen ist. Erneut kommen Tränen, diesmal lässt er sie laufen. Er schaut auf das Leporello. Wie ein Altar steht es da.

Er fühlt sich eingeengt, als seien die mit grünem Pflanzenmuster tapezierten Wände seines Schlafzimmers zusammengerückt und er säße in der Falle. Was wäre, wenn Sarah unerwartet vorbeikäme, wie häufig geschehen, und in seinen Sachen stöberte? Sie hat einen Schlüssel und damit jederzeit Zutritt zu seiner Wohnung. Er nimmt sich vor, kurzfristig eine Lösung zu finden. Sarah gibt ihm Halt im Leben, obwohl er sie meist nur einmal in der Woche sieht. Er schließt die Augen, glaubt, noch die Wärme ihrer Haut zu fühlen, sie noch zu riechen. So soll es bleiben. Erst unter der Dusche gelingt es ihm, die Gedanken, die um Anna und Sarah kreisen, wegzuspülen.

Es klingelt an der Wohnungstür. Schnell schlüpft er in eine Jeans und ein schwarzes T-Shirt. Durch den Türspion erblickt er einen Mann, der nicht so recht zu dem

Sommeranzug zu passen scheint, den er trägt. »Ja bitte?«

»Kriminalhauptkommissar Michael Albrecht. Ich würde gern mit Jannik Weynberg sprechen. Sind Sie das?« Albrecht zeigt seinen Ausweis. »Meine Legitimation.«

Weynberg öffnet. »Ich habe niemanden umgebracht.«

»Und wenn schon, in bin nicht von der Mordkommission.«

»Aber die Schuhe ausziehen.«

Albrecht kommt dem Wunsch nach, ohne zu murren. Auf Strümpfen betrachtet er die Druckgrafiken, die Weynberg im Flur als Querschnitt seines Schaffens präsentiert. »Werden Sie nicht depressiv angesichts dieser dunklen Bilder? Weshalb zeichnen Sie keine heiteren Motive?«

»Das sind keine Zeichnungen, sondern Radierungen und Aquatinten.«

»Alles schwarz-grau. Wirklich düster.«

»Die Welt ist nun mal dunkelgrau, bunt erscheint sie uns bestenfalls vordergründig. Ich nehme meine Kunst ernst, selbst wenn sie nicht jeden anspricht.«

»Warum zeichnen Sie dann auch weibliche Akte? Das ist doch das Gegenteil von düster.«

»Richtige Kunst macht nicht satt. Wer hat Ihnen von meinen Auftragsarbeiten erzählt?«

Albrecht klappt eine Mappe auf, die er unter seinen linken Arm geklemmt hatte, und faltet eine Aktzeichnung auseinander. »Meine Frau Melanie, von Ihnen gezeichnet, ohne dass ich sie darum gebeten hätte.«

Weynberg sieht seinen Besucher entsetzt an. »Wieso haben Sie das Blatt geknickt?«

»Wie Sie sehen, hätte es sonst nicht in die Mappe gepasst.« Albrecht schlägt mit dem Handrücken auf die Zeichnung. »Falls ich durch den rüden Umgang mit dem Bild Ihre Künstlerseele gekränkt haben sollte, bitte ich um Verzeihung.«

»Gehen wir ins Wohnzimmer.« Weynberg gibt Albrecht einen Wink. »Was kann ich für Sie tun, Herr Hauptkommissar?«

Albrecht setzt sich in einen Sessel. »Melanie ist verschwunden und ich bitte Sie, mir bei der Suche zu helfen. Denken Sie an Anna Herzog. Sie haben selbst erlebt, wie es ist, wenn eine geliebte Person ohne Ankündigung verschwindet. Da Sie mein Schicksal teilen, hoffe ich, Sie werden mir gegenüber genug Empathie aufbringen und mich unterstützen. Selbstverständlich gegen Bezahlung.«

Weynberg ist seine Überraschung anzusehen. »Woher wissen sie von Anna?«

»Das fragen Sie? Der Fall hat polizeiintern für Aufsehen gesorgt, obwohl er der Presse nur eine Notiz wert war. Sie standen unter Verdacht, Anna Herzog getötet zu haben. Eine Anschuldigung, die Sie nie widerlegen konnten.« Albrechts Augen tasten Weynberg ab, als suchten sie nach Geheimnissen, die tief in seinem

Innern vergraben sind, um sie ans Licht der Öffentlichkeit zu zerren.«Damals haben Sie anders ausgesehen, ohne Bart und mit kurzen Haaren. Wollte ich Ihnen Böses unterstellen, müsste ich Sie fragen, ob Sie die Tat so stark deprimiert hat, dass sie ihren Anblick im Spiegel nicht mehr ertragen konnten und sich deshalb haben zuwachsen lassen.«

Weynberg mag nicht glauben, was er hört. »Bezichtigen Sie mich, meine Lebensgefährtin umgebracht zu haben? Sie wagen es, hier aufzukreuzen, mich zu beleidigen und erwarten von mir Hilfe, indem ich für Sie den Detektiv spiele?«

»Nun mal langsam. Es gibt solche Fälle von Verdrängung. Ihre aggressive Reaktion könnte ein Indiz dafür sein, dass sich Ihr Unterbewusstsein schuldig fühlt.«

Wer hier wohl aggressiv ist?, denkt Weynberg. Der harsche Ton, den Albrecht durch seinen breitschultrigen, muskulösen Körper und seine Größe von knapp zwei Meter unterstreicht, passt ihm ganz und gar nicht. Ebenso wenig der bohrende Blick aus seinem spitzen, glatt rasierten Gesicht, das oben eine Glatze begrenzt. Augen wie Bernd. Als Gegner wünscht er sich den Hauptkommissar nicht.

»Ihr Unterbewusstsein könnte Sie auch dazu verleitet haben, Sarah Maar anzusprechen«, drängelt Albrecht weiter.

Weynberg zuckt zusammen. »Sarah wie? Wer soll das sein?«

»Die Frau meines besten Freundes Bernd. Sie ist gebildet, hat Literatur studiert und einen guten Ruf als Literaturkritikerin einer überregionalen Tageszeitung.« Er macht eine kurze Pause. »Na, fällt der Groschen? Sie ist aber auch eine verzogene Göre, die glaubt, sich alles rausnehmen zu können. Ich verstehe nicht, weshalb sie Bernd, der ihr jeden Wunsch erfüllt, mit Ihnen betrügt?«

»Wer behauptet denn so was?«

»Ich habe Sarah mal zufällig gesehen und bin ihr hierher gefolgt. Einfach so, aus einer Eingebung heraus, weil Bernd ihr misstraut. Und heute Morgen habe ich draußen im Auto gesessen, gezögert und mich gefragt, ob Sie für mich der richtige Ansprechpartner wären, da Sie ebenfalls erleben mussten, wie ein geliebter Mensch verschwindet. In dem Moment ist Sarah aus diesem Haus gekommen.«

Weynberg straft Albrecht mit einem verächtlichen Blick. »Sie wollen mich erpressen und manipulieren, damit ich Schuldgefühle entwickle, Ihre Frau suche und mich somit rein wasche?«

Albrecht schließt die Augen und schüttelt den Kopf. »Bitte entschuldigen Sie, ich bin zu weit gegangen, die Sorge um Melanie macht mich verrückt. Ich möchte weder die Ehe der Maars zerstören noch Sie erpressen. Ich appelliere nur an Ihr Mitgefühl und bitte Sie, mich zu unterstützen.«

Weynberg bleibt keine Wahl. Er muss nachgeben, allein um Sarah zu schützen. »Welche Garantien hätte ich?«

»Sie haben mein Wort. Mit einem Rest an Ungewissheit müssen Sie leben.«

Weynberg verzieht sein Gesicht. »Und wie soll ich ihre Frau finden, ich bin kein Privatdetektiv? Warum suchen Sie nicht nach ihr, Sie sind Polizist?«

»Ich arbeite bei der Sitte und habe nichts mit Vermisstenfällen zu tun. Die Kollegen kümmern sich um den Fall. Sie, Herr Weynberg, hätten zusätzlich die Möglichkeit, unkonventioneller zu ermitteln, wenn ich das so sagen darf?«

Weynberg sieht Albrecht fragend an. »Soll ich Ihre Worte als Aufforderung zum Gesetzesbruch verstehen?«

»Nein, so habe ich das nicht gemeint. Ich hoffe einfach, dass Sie anders an den Fall herangehen. Entschuldigen Sie, wenn ich mich unklar ausdrücke, aber mir fällt keine bessere Formulierung ein. Für mich ist es wichtig, nichts unversucht zu lassen, damit Melanie unversehrt zurückkommt.« Albrecht versucht sich an einem vertrauenswürdigen Lächeln. »Betrachten Sie das Ganze als Win-Win-Situation. Wir profitieren beide davon. Sie streichen ein ordentliches Honorar ein und ich halte meine Frau wieder in den Armen.«

Weynberg wäre es lieber, dieses Gespräch fände nicht statt, zumal Albrecht schwer einzuschätzen ist. »Anstelle eines privaten, unerfahrenen Mannes wie mich würde doch jeder logisch denkende Mensch eine renommierte Detektei beauftragen?«

»Nun, man kennt sich. Bei Ermittlungen laufen sich die Detekteien und die Kriminalpolizei schon mal über den Weg. Käme heraus, dass ich parallel privat nachforschen lasse, würde die polizeiinterne Gerüchteküche überkochen.« Albrecht verschränkt seine Arme hinter dem Kopf. »Ich verlange von Ihnen nur einen kleinen Gefallen, der nicht ungesetzlich ist. Als Gegenleistung erhalten Sie Geld und meine Zusage, weder Bernd von Ihrem Verhältnis mit Sarah noch Sarah von Anna zu erzählen. Ich vermute doch zu recht, dass Sie Ihr Verhältnis mit Anna vor Sarah geheimhalten?«

Weynberg zieht es vor, das Thema nicht zu vertiefen. Er geht auf und ab, wirft einen Blick auf seinen Balkon, den er schon lange begrünen möchte. Ein Vorhaben, das er immer wieder vergisst. Schließlich wendet er sich Albrecht zu. »Wenn ich Sie richtig verstanden habe, gehen Sie von einer Entführung aus.«

Albrecht schmunzelt. »Na klar, warum sollte ich gleich das Schlimmste befürchten?«

Weynberg schaut verstohlen auf seine Armbanduhr. Am Nachmittag ist er mit seinem Freund Markus Heidorn verabredet. Sie haben vor, in einer Kneipe im Viertel zu verfolgen, wie Werder Bremen die Münchner Bayern vom Rasen fegt. Das dürfte aber angesichts der aktuellen Situation unwichtig sein. Er reißt sich zusammen. »Seit wann ist Ihre Frau verschwunden, Herr Albrecht?«

»Seit gestern Abend. Sie wollte zu einer Freundin. Bisher war sie stets kurz nach Mitternacht zurück.« Er fasst Weynberg am Ellenbogen. »Wollen wir uns draußen die Beine vertreten? Nichts gegen ihre Wohnung, ich muss an die frische Luft.«

Weynberg ist froh, Albrecht aus seinem Allerheiligsten verschwinden zu sehen. Sie gehen Richtung Wersee an der Kleinen Weser entlang und folgen dem Weg, der unterhalb der Straße verläuft.

Albrecht findet gleich zum Thema zurück. »Ich weiß, dass die meisten Vermissten spätestens nach achtundvierzig Stunden wieder auftauchen. Aber warum sollte meine Frau so lange fernbleiben?«

Weynberg antwortet nicht. Schweigend stehen sie sich gegenüber. Als ihre Sprachlosigkeit unangenehm wird, redet Albrecht weiter. »Melanie ist in den vergangenen Monaten häufig ausgegangen. Mit ihrer Freundin, wie sie betont. Da ich unregelmäßig Dienst habe, wollte sie nicht zu Hause versauern.«

Weynberg räuspert sich. »Vertrauen Sie ihr?«

Albrecht hebt die Arme als Zeichen von Unwissenheit. »Ich will nicht ausschließen, dass Melanie ein Verhältnis hat. Verfolgen Sie alle Spuren, ohne Rücksicht auf meine Befindlichkeiten.« Er kratzt sich am Kinn. »Was Sarah kann, kann Melanie auch.«

Weynberg ignoriert die Provokation. »Wo arbeitet Ihre Frau. Könnte sie dort eine Beziehung haben?«

»Sie ist zahnmedizinische Fachangestellte bei einer Zahnärztin. Die Spur ist kalt.«

»Haben Sie einen anderen Ansatzpunkt?«

Albrecht zuckt mit den Schultern.

»Was ist mit der Freundin Ihrer Frau?«

»Ich weiß rein gar nichts über sie. Vielleicht existiert sie nicht einmal. Mir bleibt nur das Geständnis, mich zu wenig um meine attraktive Frau gekümmert zu haben.«

Pech gehabt, denkt Weynberg. »Könnte Sarah was über Melanies Verbleib wissen, ist sie auch mit Ihrer Frau befreundet?«

»Nein, die beiden verkehren weitestgehend in unterschiedlichen Kreisen.«

»Einen Anhaltspunkt brauche ich aber. Sonst kann ich nichts für Sie tun.«

»Melanie hat oft über das Viertel geredet. Angeblich ist sie dort mit ihrer Freundin ausgegangen.« Er zieht ein Porträtfoto von Melanie aus seinem Jackett. »Zeigen Sie das Bild den Wirten im Viertel.«

Von dem Foto blicken Weynberg braune Augen aus einem schlanken Gesicht entgegen, umrahmt von glatten blonden Haaren, die kurz unter den Ohren enden. Melanie Albrecht strahlt Selbstbewusstsein aus. Hat sie sich von ihrem Mann nicht alles bieten und ihn deshalb sitzen lassen?

»Was halten Sie von einem Vorschuss, Herr Albrecht. Ich dürfte Ausgaben haben, die Sie erstatten müssten.«

Albrecht packt Weynberg am Arm. »Den Typ mit dem Fernglas am gegenüberliegenden Ufer würde ich mir gern aus der Nähe anschauen, aber bis wir dort wären, wäre er längst weg.«

Weynberg fragt sich, ob Albrecht unter Verfolgungswahn leidet. Wegen eines harmlosen Zeitgenossen, der Vögel beobachtet?

»Der Typ ist verschwunden«, holt ihn der Hauptkommissar aus seiner Gedankenwelt zurück.«

»Sie sehen Gespenster, Albrecht. Wer sollte uns hier beobachten?«

»Sie sind mir eine schöne Hilfe. Falls Melanie was zugestoßen ist, könnte der Täter auch mir was antun wollen. Was wissen wir schon?«

Weynberg wird klar, dass Albrecht recht haben und er ebenfalls in den Mittelpunkt eines Stückes rücken könnte, in dem er lieber hinter den Kulissen bliebe.

Albrecht zieht sein Portemonnaie aus der Hosentasche. »Sie haben nach einem Vorschuss gefragt. Wie viel brauchen Sie?«

Frustriert darüber, sich am Abend als Spitzel outen zu müssen, betritt Weynberg das Don Carlos am Ostertorsteinweg. Eingangstür und Fenster des spanischen Lokals sind geöffnet. Über den Gesprächen der Gäste, die zu einem akustischen Brei zusammenfließen, schwebt Knoblauchduft.

Zu Weynbergs Frust kommt die Unruhe wegen des Leporellos. Vor seiner Kneipentour hat er vergessen, das Album in der Schublade verschwinden zu lassen, weil ihn Albrecht und dessen Auftritt beschäftigt haben. Sollte Sarah zwischenzeitlich in seiner Wohnung gewesen sein, dürfte es Ärger geben. Er kann nur abwarten, wie sie sich bei ihrem nächsten Treffen verhält.

Im Viertel hat er zuerst das Theatro und das Engel Weincafé abgeklappert. In beiden Lokalen kennt man Melanie Albrecht und ihren Begleiter. Einen unscheinbaren Mann, den keiner beschreiben kann und dessen Namen niemand weiß.

Für den Rest des Abends ruht seine Hoffnung auf dem Don Carlos, das immer zu seinem Stammlokal wird, wenn er Geld in der Tasche hat oder sein Freund Markus Heidorn ihn einlädt. In diesem Fall muss Michael Albrecht die Zeche zahlen. Weynberg hält es für angemessen, das Lokal mit einer Spesenquittung zu verlassen.

Es ist, wie an jedem Wochenende, brechend voll. Daran hat sich Weynberg noch nie gestört, doch heute hätte er es gern übersichtlicher. Ist er hier, der Unbekannte? Ist er mit der Person identisch, die mit einem Fernglas am anderen Ufer der Kleinen Weser gestanden hat? Nippt er genüsslich an einem Glas Wein, ohne ihn, Weynberg, aus den Augen zu lassen?

Er setzt sich auf einen Hocker vor der Theke und zeigt dem Barkeeper das Bild von Melanie Albrecht.

»Sie kommt oft.«

»Mit einem Mann?«

»Ab und zu auch mit einer Frau.«

»Kennen Sie die Namen?«

»Nein, aber ich kann die Bedienung fragen. Möchten Sie was trinken?«

»Einen Rioja bitte, einen Riserva.«

Der Barkeeper entkorkt eine Flasche, riecht am Korken und gießt den Wein in ein dickbauchiges Glas, das er schwenkt, damit der Wein Sauerstoff aufnimmt. Mit einem »Chin-chin« stellt er das Glas auf die Theke.

Weynberg schnuppert an dem Rioja, dessen kräftiges, ausgeprägtes Bukett einen charaktervollen Wein erwarten lässt. Er nippt daran, bevor er sich dezent umblickt. Kein bekanntes Gesicht. Hoffentlich kennt auch ihn niemand.

*Du musstest damit rechnen, nicht ohne Weiteres mit der Situation fertig zu werden. Einen Mord begeht man nicht alle Tage. Kämpf gegen deine Zweifel an und lass dir das Hähnchenbrustfilet in Dattelsoße schmecken. Dein missmutiges Gesicht müsstest du sehen. Freu dich, dass du den Tisch mitten im Restaurant ergattert hast. Bisher läuft es nach Plan. Das mit dem Blut ist ekelig gewesen, das musst du zugeben. Da hatte es Norman Bates in ›Psycho‹ leichter. In deiner Lage konntest du nun mal nicht abwarten, ob sie duscht. Hast lieber die Tür geschrubbt und den Teppich shampooniert. Jetzt glänzt alles wie zuvor, selbst Melanie. Allerdings nur durch ihre Abwesenheit. Lass das Spiel mit dem Feuer. Verzichte darauf, Weynbergs Blick einzufangen. Bleib für ihn unsichtbar. Er sieht dich zwar, aber ohne zu ahnen, wer du bist. Endlich lächelst du. Hab Spaß an der Sache und genieße dein Essen. Ein Zurück ist ausgeschlossen.*

»Ich habe den Namen des Mannes. Er heißt Kurt Wallander.« Der Barkeeper lächelt zufrieden.

»Veräppeln kann ich mich selbst.«

»Warum, was ist mit dem Namen?«

»Kurt Wallander ist eine schwedische Krimifigur.«

»Klingt doch deutsch. Warten Sie, ich schicke Ihnen Christina.«

Klingt auch deutsch, denkt Weynberg, als die schwarzhaarige, schlanke Spanierin vor ihm steht. Höflich, wie er ist, rutscht er vom Hocker. Sie legt das Reservierungsbuch auf die Theke und deutet auf den Eintrag. »Sehen Sie? Kurt Wallander. Am Mittwochabend waren er und die Frau von dem Foto hier.«

Weynberg versinkt in den dunklen Augen der Spanierin, atmet einen Hauch ihres Parfüms ein. »Wie sieht der Mann aus?«

»Normal. Er hat braune Augen wie Sie, ein breiteres Gesicht und er ist wie Sie etwa vierzig Jahre alt und gut eins achtzig groß.« Christina läuft rot an. »Verzeihung, ich wollte Sie nicht mit Kurt Wallander vergleichen. Er trägt weder einen Bart noch lange Haare, sondern einen brünetten Standardhaarschnitt.«

Weynberg setzt sein freundlichstes Lächeln auf. »Fällt Ihnen noch etwas ein, durch das sich dieser Mann von mir unterscheidet?«

»Er ist schlanker als Sie. Entschuldigung, ich werde gerufen.«

Weg ist sie. Weynberg schaut auf seinen Bauch. Schlank ist er auch, vollschlank. Was soll´s, immerhin ist er einen Schritt vorangekommen. Melanie Albrecht hat ein Verhältnis zu verbergen und ihr Liebhaber verschleiert seinen Namen. Warum, weil Michael Albrecht ihn kennt?

Weynberg trinkt einen Schluck Wein, winkt den Barkeeper heran und bestellt Manchego-Käse. Er wird Albrecht sagen, dass er die Informationen von einem Gast erhalten hat, mit dem er Rioja trinken und den leckeren Hartkäse essen musste, um seine Zunge zu lösen. Weynberg isst gern mediterran, kann es sich aber nicht oft leisten. Nach der zweiten Runde Wein und Käse steht er auf. Morgen Abend wird er in anderen Lokalen eine deutlichere Spur von Kurt Wallander suchen.

*Zufrieden spülst du den letzten Bissen Hähnchenbrustfilet mit einem Schluck Weißwein runter. Weynberg weiß nun, dass der Mann, den er sucht, Kurt Wallander heißt. Du tupfst dir den Mund ab und klemmst die Serviette unter das Besteck. Gleich wirst du dem Schnüffler folgen. Immer mit der Ruhe, du kennst ja seine Adresse.*

Weynberg genießt es, zu Fuß durch die warme Luft zum Sankt-Pauli-Deich zu gehen. Die Straße, in der er lebt, liegt auf der anderen Weserseite in der Alten Neustadt.

Er stutzt. Kommt ihm sein Jackett leichter vor als auf dem Hinweg, oder bildet er sich das ein? Er tastet das Jackett ab; der Autoschlüssel steckt nicht mehr in der Seitentasche. Weshalb hat er den überhaupt mitgenommen? Nur um damit auf der Theke herumzuspielen und ihn dort liegenzulassen? Egal, sagt er sich, mit dem Schlüssel kann niemand was anfangen.

Zu Hause lüftet er durch. Von seinem Balkon aus, er wohnt im zweiten Stock, blickt er auf eine Baumreihe und dahinter auf die Kleine Weser. Ein Geräusch veranlasst ihn, nach unten zu schauen. Da steht jemand und starrt zu ihm herauf, soweit es Weynberg bei der Straßenbeleuchtung erkennen kann. Die Person ist dunkel gekleidet. Sie trägt eine Wollmütze und versteckt ihr Gesicht hinter einem Gegenstand, der einen Blitz nach oben schickt. Weynberg kneift die Augen zu. Er weiß nicht, warum man ihn fotografiert, ist sich aber sicher, dass ihm der Grund missfällt.

## ZWEI

»Ich bin schwer enttäuscht von dir, Jannik. Wir haben seit einem Jahr eine Beziehung und du hast es immer noch nicht geschnallt.«

Weynberg schaut Sarah Maar verblüfft an, die ihm in seinem Wohnzimmer gegenübersitzt. »Was habe ich nicht geschnallt?«

»Hast du dir schon mal Gedanken gemacht, weshalb ich Anna Herzog gleiche wie ein Ei dem anderen? Abgesehen von der kleinen Narbe unter meinem rechten Ohr, kann ich keinen Unterschied feststellen.«

Er hat Mühe, ein Zittern seiner Stimme zu unterdrücken. »Woher weißt du von Anna, hast du in meinen Sachen geschnüffelt?«

»Lenk nicht ab.«

»Was möchtest du mir eigentlich sagen? Wirfst du mir vor, in dir einen Anna-Ersatz zu sehen?«

»Es muss dir doch im Bett aufgefallen sein, dass Anna und ich dieselben Vorlieben haben.«

»Wie kannst du so was behaupten?«

»Weil ich Anna bin, verdammt.« Sie schlägt mit der Faust auf den Couchtisch. »Ich war nur zwei Jahre weg und du hast bloß eine äußerliche Ähnlichkeit gesehen. Nichts, was uns verbunden hat, hast du wiedererkannt. Und habe ich gehofft, durch dich wieder von Bernd loszukommen.«

»Du bist nicht Anna, du hast eine viel tiefere Stimme.«

»Stimmen können sich ändern.«

»So ein Quatsch.« Weynberg verzieht sein Gesicht. »Sarah, was willst du mit diesem Gerede erreichen? Bist du eifersüchtig auf Anna?«

»Du glaubst mir also nicht? Ich gebe zu, es war nicht die feine Art, dich wegen Bernd zu verlassen, aber er hat das, was du nicht hast: Geld, und das nicht zu knapp.« In ihrem Blick liegt Enttäuschung. »Mit Bernd macht es allerdings keinen Sinn mehr, für dich gilt offensichtlich das Gleiche.«

Rudolf Gärtner ist Rentner und starrsinnig. Nun, das eine schließt das andere nicht aus. Heute Morgen beweist er erneut seinen Starrsinn, indem er konsequent den dichten Nebel ignoriert, der als Folge des nächtlichen Gewitters beklemmende Gefühle in ihm weckt. Er hat sich nun mal vorgenommen, in aller Früh Sport zu treiben. Bewaffnet mit Nordic Walking-Stöcken fährt Gärtner nach Syke zum Friedeholz. Ein paar Lockerungsübungen, dann läuft er seine gewohnte Strecke, die ihn zunächst bergauf zur Wolfsschlucht führt. Auf deren Grund angekommen, atmet er durch. Der Anstieg zur Schlucht raubt ihm stets die Luft. Sonst flucht er an dieser Stelle immer über sein Alter. Jetzt interessiert ihn das nicht. Endlich ist er mal allein im Wald. Welch eine Ruhe. Bisher ist er zu späteren Tageszeiten gelaufen und ständig Joggern und Leuten begegnet, die ihre Hunde Gassi geführt haben. Obendrein hat er Kindergeschrei aushalten müssen. Gärtner schaut sich um. Die oberen Ränder der Schlucht sind nicht zu sehen. Aber selbst bei guter Sicht würde der Ausblick nicht über deren Kante hinausreichen. Ist er wirklich allein? Sein Mut verlässt ihn. Die Geräusche des Waldes, die ihn oft schon bei Sonnenschein irritieren, haben heute eine andere Qualität. Ein Ast bricht unter seinen Füßen. Für einen Moment hält er inne, wartet auf die Reaktion des Waldes. Doch der schweigt, als hätte er was zu verbergen. Er muss raus aus der Schlucht, sein Sichtfeld erweitern. Oben gewinnt sein bester Freund, der Starrsinn, erneut die Oberhand. Er treibt Gärtner durch den Douglasien-Pfad und von dort zum Waldtaucher. Obwohl die Strecke zweimal in der Woche auf seinem Terminplan steht, überfällt ihn immer ein beklemmendes Gefühl, wenn der Taucher langsam hinter einem Baum hervortritt. Eine optische Täuschung, weil sich die Perspektive beim Laufen verschiebt. Gärtner sieht die aus einem Douglasienstamm gefertigte Skulptur durch den Nebel schimmern. Er stutzt, der Sockel, auf dem der Taucher steht, hat an Umfang zugenommen. Das muss er aus der Nähe betrachten. Er findet eine Frau, die auf dem feuchten Waldboden sitzend mit dem Rücken an der Skulptur lehnt.

»Hallo, kann ich Ihnen helfen?« Keine Reaktion. Er reißt sich zusammen und geht dicht heran. Die Augen der Frau, deren schlankes Gesicht von glatten blonden Haaren umrahmt ist, sind geschlossen. Ihr Mund steht offen, als begreife sie nicht, was geschehen ist. In ihren klitschnass geregneten Klamotten dürfte sie hier schon lange sitzen.

Ein Knacken lässt Gärtner herumfahren. Was hat mich bloß geritten, bei diesem Nebel hierher zu laufen?, fragt er sich. Seinen Starrsinn zählt er nicht zu den Verdächtigen.

Eine sanfte Melodie klingelt Weynberg aus dem Schlaf. Er ist sofort hellwach, denkt an das Gespräch mit Sarah gestern Abend. Ist sie hier gewesen oder hat er alles nur geträumt? Er schaut auf sein Smartphone, das acht Uhr anzeigt. Gern riefe er Sarah an, aber was sollte er sie fragen? Er kann sie wohl kaum auf Anna ansprechen, von der sie eventuell noch nie was gehört hat? Oder ist sie doch Anna und er hat es tatsächlich nicht geschnallt?

Unsinn! Eine Schwester oder gar Zwillingsschwester von Anna dürfte Sarah auch nicht sein. Er hat Annas Eltern gut gekannt, die, wie sie selbst, nie etwas in dieser Richtung gesagt haben. Über Sarahs Eltern weiß er wenig, weil sie das Thema nicht mag. Von einer Schwester hätte Sarah jedoch erzählt.

Weynberg erinnert sich an Albrechts Unterstellung, er könne Anna umgebracht und die Tat in sein Unterbewusstsein verdrängt haben. Er fährt seinen PC hoch und googelt das Thema. Ausgelöst durch innere Konflikte scheint es möglich zu sein, unerwünschte Erinnerungen unbewusst zu verdrängen. Dabei soll es sich um einen Abwehrmechanismus der Psyche handeln. Ihn beschleicht ein flaues Gefühl. Selbst wenn es stimmt, was er liest: Für sich akzeptiert er das nicht und schließt kategorisch aus, Anna etwas angetan zu haben. Oder könnte er doch ...? Ihm fällt ein, dass er die beiden Quittungen für die Getränke aufbewahrt haben müsste, die er, auf Anna wartend, im Theatro getrunken hat. Wären die Quittungen nicht der Beweis seiner Unschuld? Der Polizei hat er die Belege bei den Vernehmungen nicht vorgelegt. Er ist damals kaum in der Lage gewesen, logisch zu denken. Ihn würde es aber beruhigen, wenn er sie fände.

Weynberg steht auf, um die Quittungen zu suchen. Zunächst geht er systematisch vor, schaut in seine Ablageordner, in Schubladen und Kartons, in denen er kleinere Belege sammelt. Keine Quittungen von dem Abend, an dem Anna verschwunden ist. Er wird nervös, verfällt in Hektik und durchsucht alle in Betracht kommenden Orte ein zweites und drittes Mal. Ohne Ergebnis. Was geschieht mit mir? Seine Gedanken drehen sich im Kreis. Warum finde ich die Belege nicht, und weshalb kann ich mich nicht erinnern, ob Sarah gestern Abend hier gewesen ist? Okay, das mit Anna ist drei Jahre her, der gestrige Abend erst wenige Stunden. Er versucht, sich in die Situation zurückzuversetzen und

Anhaltspunkte für Sarahs Besuch aus den Tiefen seines Gedächtnisses hervorzuholen. Wo hat sie gesessen, welche Kleidung hat sie getragen? Es gelingt ihm nicht.

Er hat Sarah vor über einem Jahr in der Bremer Kunsthalle angesprochen. Normalerweise hätte er das nie gewagt, aber angesichts ihrer Ähnlichkeit mit Anna hat er spontan gehandelt. Zuerst hatte er Sarahs dunkle Stimme gehört, die nicht mit der von Anna zu verwechseln ist. Seine Unsicherheit war ihm ins Gesicht geschrieben, wodurch er Sarahs Sympathie geweckt hat. Seine Einladung in ein Café hat sie angenommen, da sie herausgefunden hatte, dass ihr Mann eine andere Frau hinter seinen Treueschwüren versteckt. Weil die Wahrheitsliebe von Bernd Maar gegen null tendiert, hat sich Sarah schließlich auf ein Verhältnis mit Weynberg eingelassen. Eine Scheidung kommt für sie vorerst nicht infrage, was ›vorerst‹ auch heißen mag. Ihr Mann hat als Inhaber eines gefragten Reinigungsunternehmens zwar gelernt, moralische Bedenken unter den Teppich zu kehren, wie Sarah oft betont, auf sein Geld mag sie trotzdem noch nicht verzichten. Weynberg arrangiert sich mit dieser Situation. Obwohl er es am liebsten sähe, Bernd löste sich in Luft auf, hat er Zweifel, ob Sarah, allein aus Liebe zu ihm, mit einem weniger kostspieligen Lebensstil zufrieden wäre.

Das Telefon läutet. Michael Albrecht klingt tonlos. »Man hat sie gefunden.«

An seiner Stimme müsste Weynberg erkennen, was geschehen ist. Aber seine Gedanken sind noch bei Sarah und Anna. »Hat sie gesagt, wo sie war?«

Am anderen Ende der Leitung bleibt es still. Als Weynberg schon nicht mehr damit rechnet, kommt Albrechts müde Antwort. »Erstochen.« Nur dieses eine Wort. Schließlich spricht Albrecht weiter. »Sie hat an einer Skulptur im Syker Friedeholz gelehnt. An einem Taucher im Wald, stellen Sie sich das mal vor. Keine Ahnung, was mir der Täter dadurch sagen will.«

»Mein aufrichtiges Beileid, Herr Albrecht. Danke für das Vertrauen, das Sie mir geschenkt haben. Ich nehme an, für mich ist die Sache erledigt?«

»Nein, ich möchte, dass Sie Ihre Arbeit fortsetzen.« Albrechts Tonfall lässt keinen Widerspruch zu.

»Warum?«

»Nennen wir es Intuition.«

Also weitermachen, und das im Wettbewerb zur Polizei. »Haben Sie neue Informationen, die mir bei den Ermittlungen helfen könnten?«

»Melanie ist wahrscheinlich am Freitagabend gestorben. Um zwanzig Uhr achtzehn. Zu dem Zeitpunkt wurde ihre Armbanduhr zerschlagen.« Wieder eine Pause. »Finden Sie das Schwein, das für diese barbarische Tat verantwortlich ist.«

Weynberg verzichtet darauf, Albrecht über die Person zu informieren, die ihn am Abend beobachtet und fotografiert hat. Er ist sich nicht einmal mehr sicher, ob der

Beobachter, wie eventuell Sarahs Auftritt, einer Einbildung entspringt, und will sich nicht zum Gespött der gesamten Branche machen. Es klänge ohnehin absurd, dass er, der andere observieren soll, selbst Opfer einer Bespitzelung sein könnte. »Ich werde mein Bestes geben.«

»Das hoffe ich doch, aber erst mal sehen wir uns den Tatort an.«

Weynberg nimmt die Straßenbahn bis zur Haltestelle Sielhof in Bremen-Huckelriede, an der ihn Albrecht mit seinem Auto abholt. Schweigend fahren sie nach Syke, wo sie im Friedeholz an der Landesstraße parken, die Richtung Okel führt. Nach achtzig Metern auf einem breiten Weg biegt Albrecht auf einen gewundenen Pfad ab. Umgeben von hohen Eichen dringen sie bergauf tiefer in das Friedeholz ein. Mitten im Grün steht eine Gestalt, die bemalte Holzskulptur des Waldtauchers, dessen Kopf ein historisch anmutender Helm ziert.

Albrecht gibt Weynberg einen Wink, ihm durch das Gestrüpp zu dem Taucher zu folgen. An der Rückseite der Skulptur stoppt er. »Hier hat Melanie gesessen, als würde sie ausruhen oder schlafen. Ihre Verletzungen waren zuerst nicht zu sehen, weil man sie feige von hinten erstochen hat. Ich war Gott sei Dank nicht dabei, habe nur die Fotos gesehen.« Eine Träne rollt ihm über die Wange. »Das war schlimm genug.« Albrecht fasst Weynberg am Arm. »Kommen Sie, ich will hier weg.«

Auf dem Pfad bleibt er, mit dem Rücken zum Taucher, stehen. »Sie suchen sämtliche Wege des Waldes ab, die von der Skulptur zu nahegelegenen Plätzen führen, an denen Autos parken können. Melanie ist laut Aussage der Syker Spusi an einem anderen Ort getötet und in einem Plastiksack hierhergebracht worden, den die Kollegen, beschmiert mit ihrem Blut, gefunden haben. Fingerabdrücke weist der Sack keine auf, das war auch nicht zu erwarten. Dennoch musste der Täter Melanie hierher transportieren, also tragen oder mithilfe einer Schubkarre bewegen. Finden Sie etwas, was uns voranbringt, etwas, das die Spusi übersehen hat.«

Weynberg sieht den Hauptkommissar fragend an. »Wie soll das funktionieren? Ich kenne mich in diesem Wald nicht aus.«

»Das ist kein Problem. Der Täter dürfte eine kurze Verbindung von dort, wo er geparkt hat, bis zur Skulptur gewählt haben.« Albrecht entfaltet einen Geländeplan. »Wie dieser von meinen Kollegen markierte Plan zeigt, bieten sich nur drei Wege an. Auf dem gelb gekennzeichneten Pfad sind wir gekommen, auf den grünen und roten Weg stoßen Sie in dieser Richtung.« Er deutet mit ausgestrecktem Arm über Weynbergs Schulter, drückt ihm Plastiktüten für die Beweissicherung in die Hand und verabschiedet sich. »Arbeiten Sie sorgfältig, in drei Stunden hole ich Sie ab.«

Wenn er mich fürs Spazierengehen bezahlt, soll es mir recht sein, denkt Weynberg und beachtet auf den ihm vorgegebenen Wegen vor allem die Ränder. Das einzige Ergebnis, das er Albrecht nach dessen Rückkehr präsentieren kann, ist ein Handschuh. Sollte der vom Täter stammen, wäre hier was faul.

Jannik Weynberg hat seine Kneipentour dieses Mal kurz nach neunzehn Uhr gestartet. Sieben Lokale hat er abgeklappert, gegen halb elf landet er erneut im Don Carlos, wo es heute lebhafter zugeht. Eine Gruppe sich laut unterhaltender Männer und Frauen spricht ausgiebig dem Wein zu. Der Barkeeper winkt Weynberg zur Theke.

»Ich muss mich entschuldigen, Kurt Wallander war gestern doch hier. Es war zu viel los, da kann man schon mal jemanden übersehen.«

»Er wird wieder auftauchen.« Weynberg ist verärgert, lässt es sich aber nicht anmerken. Er legt seine Visitenkarte auf die Theke. »Bitte rufen Sie mich an, wenn Sie ihn sehen. Ach, ich habe hier beim letzten Besuch meinen Autoschlüssel liegenlassen. Ist er noch da?«

»Nicht dass ich´s wüsste.«

Weynberg zuckt mit den Schultern. »Was soll´s, ich habe einen Ersatzschlüssel.«

Der Barkeeper gießt ihm einen Rioja ein. »Geht aufs Haus. Chin-chin.«

Weynberg schnuppert wieder am Wein, bevor er einen Schluck trinkt. Er glaubt nicht, dass er diesen Kurt, oder wie er heißen mag, wirklich treffen will. Ist Kurt der mysteriöse Beobachter? Hat er zu seinem Balkon hinaufgestarrt? Ist er der Geliebte von Melanie Albrecht und ihr Mörder? Falls ja, wird Kurt dann mit der Rolle des Beobachters zufrieden sein? Kurt und ich, zwei Männer, die sich gegenseitig verfolgen, denkt Weynberg. Welch groteske Situation.

**DREI**

Unschlüssig hält er die luftgepolsterte Versandtasche in der Hand, wendet sie hin und her. Sie ist unfrankiert und folglich vom Absender eingeworfen worden. Adressiert an Schnüffler Jannik Weynberg. Eine Ecke der Tasche hat aus seinem Briefkasten geragt, als er mit Brötchen vom Bäcker zurückgekommen ist. Er drückt auf der Versandtasche herum, ertastet etwas Hartes, reißt sie auf und findet einen Schließfachschlüssel.

Weynberg frühstückt ohne Appetit, auch weil er Sarah nicht erreicht hat. Danach fährt er mit der Straßenbahn zum Hauptbahnhof. Die Gesprächsfetzen, die von den vorübereilenden Reisenden an seine Ohren dringen, gemischt mit dem Klacken, das die Räder ihrer Koffer erzeugen, machen ihn nervös. Ebenso die Leute, die ihn anrempeln. Im Schließfach liegt ein brauner DIN-A5-Umschlag, gefüllt mit Fotos. Er blättert die Aufnahmen durch, kann nicht fassen, was er sieht: Michael Albrecht und er auf dem Weg neben der Kleinen Weser, er an der Bar des Don Carlos und auf seinem Balkon sowie Albrecht, wie er aus einem Reihenhaus aus rotem Backstein tritt. Noch schlimmer: Melanie Albrechts Leiche, die im Syker Friedeholz an der Skulptur des Tauchers lehnt.

Das Bild, das Albrecht und ihn an der Kleinen Weser zeigt, ist ein Beleg dafür, dass sie schon zu dem Zeitpunkt im Fokus eines Verfolgers gestanden haben. Was allerdings bloß für Albrecht gelten kann, zumal er, Weynberg, an dem Tag erst ins Spiel gekommen ist. Aber warum hat sich der Beobachter am gegenüberliegenden Ufer aufgehalten? Woher hat er von dem Plan Albrechts wissen können, bei ihm zu Hause aufzukreuzen und davon, dass sie gemeinsam spazieren gehen?

Weynberg stöhnt auf. Weshalb schickt man ihm diese Fotos? Wieso der Umweg über das Schließfach? Für Letzteres fällt ihm nur ein logischer Grund ein: Der Täter will ihm nahe sein, mit ihm spielen. Welcher Ort wäre hierfür besser geeignet als eine Bahnhofshalle, durch die Menschen strömen oder gelangweilt auf Verwandte, Bekannte oder ihren Zug warten. Menschen, die ihn berühren könnten, falls sie an ihm vorbeigehen. Er sieht sich um, obwohl er weiß, wie sinnlos dies ist. Selbst wenn der Täter der Mann wäre, der vor einem der Fahrkartenautomaten steht und zu ihm herüberblickt, könnte er ihn nicht identifizieren. Gehört sein Gegner zu denen, die ihn angerempelt haben? Weynbergs Hand berührt ein Stück Papier, das vor seiner Brust klebt. Ein Notizzettel, mithilfe eines Kreppbandes am Hemd befestigt. Er liest die Nachricht: Bis bald, Weynberg.

*Du musst Dich zusammenreißen, bloß nicht laut lachen. Dein schlechtes Gewissen hilft dir dabei. Gehst du einen Schritt zu weit? Gefährdest du den Plan? Warum hast du Weynberg fast auf die Füße getreten, als er dicht an dir vorbeigegangen ist? Dann auch noch die alberne Idee mit dem Zettel? Nimm deine Aufgabe ernst. Amüsieren kannst du dich, wenn die Sache ausgestanden ist.*

»Sie sprechen mit dem Anrufbeantworter von Michael und Melanie Albrecht. Wir sind zurzeit nicht erreichbar. Bitte hinterlassen Sie Ihre Nachricht nach dem Signalton.«

Weynberg knallt den Hörer auf die Gabel. Er ist kein Mordermittler, will hinschmeißen und seine Karriere als Verfolger aufgeben.

In seinem Atelier, das er in einer ehemaligen Heißmangel an der Habenhauser Landstraße eingerichtet hat, zeichnet er Kreise, um seine rechte Hand für den anstehenden Auftrag zu lockern. Er hat den rückseitigen Anbau eines in die Jahre gekommenen Hauses zwischen Niedersachsendamm und Huckelrieder Friedhof gemietet. Mit dem Anbau, der mit Strom, Gasheizung und fließend Wasser versehen ist, hat er ideale Räumlichkeiten für eine Radierwerkstatt gefunden, in die er eine Tiefdruckpresse gestellt hat. Ein alter angestoßener Schrank mit Schubladen, in denen er Materialien und seine Radierwerkzeuge unterbringt, ein runder Tisch mit drei Stühlen und ein verschlissenes, weinrotes Dreiersofa, auf dem er hin und wieder schläft, gehören zur Ausstattung. Neben dem als Druckwerkstatt dienenden kleineren Raum stehen ihm ein größerer für seine Zeichen- und Radierkurse, eine Miniküche und eine Toilette zur Verfügung.

Könnten seine Eltern ihn sehen, schlügen sie vor Entsetzen die Hände über dem Kopf zusammen. Er ist in einem konservativen, gläubigen Umfeld aufgewachsen. Sein Vater, Rechtsanwalt und Notar, hat ihn streng erzogen und ihn, mit der Drohung, ihn nicht mehr finanziell zu unterstützen, zu einem Jurastudium zwingen wollen. Das Ergebnis ist ein Zerwürfnis gewesen, zu dem auch seine Mutter durch ihren christlichen Fundamentalismus beigetragen hat. An trüben Tagen neigt er dazu, sich als Verlierer zu sehen. Obwohl er weiß, dass diese Bezeichnung auf seine Eltern zutrifft, denen es nicht gelungen ist, ihn nach ihren Vorstellungen zu verbiegen. Sie haben bis heute nicht begriffen, warum er aus Schwachhausen in die Neustadt gezogen ist.

Weynberg schließt die Fenster. Die abgestandene Luft, die sich in den sporadisch genutzten Räumen immer wieder bildet, hat auch dieses Mal den Weg nach draußen gefunden. In einer Viertelstunde erwartet er ein älteres Ehepaar mit ihrem Enkelkind, das sich für Porträtzeichnungen angemeldet hat. Ein Auftrag, der ein bisschen Geld in seine Kasse spült.

Erneut versucht er, Sarah zu erreichen. Wie bei den Albrechts meldet sich der Anrufbeantworter. Er nutzt die verbleibende Zeit, um Drucke und Zeichnungen für eine geplante Vernissage auszuwählen.

Sein Handy klingelt. »Hallo Herr Weynberg, Albrecht hier, Sie wollten mich sprechen?«

»Ich schmeiße hin, mir ist die Sache zu gefährlich.«

»Kommt nicht infrage. Welche Laus ist Ihnen denn über die Leber gelaufen?«

Weynberg möchte von seinem Verfolger erzählen, doch Albrecht unterbricht seinen Redefluss. »Das ist kein Thema fürs Telefon. Wir treffen uns in dreißig Minuten bei Ihnen.«

»Ich bin in meinem Atelier.«

»So was haben Sie auch? Wo finde ich Sie?«

»Tut mir leid, ich habe gleich Kunden, die sich porträtieren lassen wollen. Sie können frühestens in zwei bis drei Stunden kommen.«

»Na gut, bloß nicht noch mehr Stress. Geben Sie mir bitte Ihre Adresse und Handynummer.«

»Ihr Geschäft brummt, da ist schon Ihr nächster Kunde.« Recht vorwitzig der Enkel des älteren Ehepaars, das sich zufrieden verabschiedet und Albrecht die Türklinke in die Hand drückt.

Der Hauptkommissar hört sich Weynbergs Sorgen in Ruhe an. Weynberg berichtet von seinem Verfolger und von Kurt Wallander.

Albrecht schüttelt den Kopf. »Ich kann keinen Rückzieher akzeptieren. Sie haben den Auftrag angenommen und die Pflicht, ihn durchzuziehen. Oder meinen Sie, ich fange mit einem neuen Mann wieder bei null an?

Nicht nur Sie, auch ich würde mich lächerlich machen.« Albrecht steht auf und geht im Schulungsraum hin und her. »Ich weiß nicht, weshalb Sie die Hose vollhaben. Melanies Mörder wird Sie nicht umbringen.« Albrecht blickt sich um. »Gibt es hier nicht mal Kaffee?«

»Entschuldigung, ich setze schnell einen auf.«

Albrecht folgt ihm in das Kabuff, das als Küche dient. »Wir sind doch ein Team, Weynberg. Sie stehen nicht allein an der Front.«

Weynberg ist frustriert, weil es zu spät ist, Sarah anzurufen. Ihm ist nichts Besseres eingefallen, als noch einmal die Lokale im Viertel abzuklappern. Im Engel Weincafé, einst eine Apotheke, von der die Verkaufstheke und Regale geblieben sind, hat er Glück.

»Schauen Sie bitte nicht so genau hin.« Die Bedienung serviert ein Glas Rotwein, das Weynberg bestellt hat. »Die Frau hinten links, die mit der weißen Bluse und dem schwarzen Blazer, die ist es.«

Da Melanies Freundin in ein Gespräch mit einer anderen Frau vertieft ist und es nicht so aussieht, als wolle sie gleich gehen, trinkt Weynberg in Ruhe seinen Montepulciano aus den Abruzzen. Schließlich zahlt er, verlässt das Lokal und stellt sich gegenüber in einen tiefen Hauseingang. Er möchte die Frau nicht vor dem Restaurant ansprechen, zumal er damit rechnen müsste, dass sie ihn stehen lassen oder Ärger machen würde. Es dürfte sinnvoller sein, ihr zu folgen und herauszufinden, wo sie wohnt.

Weynberg steht sich eine Stunde lang die Beine in den Bauch, bis sie aus dem Weincafé kommt. Er bleibt auf der anderen Straßenseite und hält Abstand. Sie biegt in die dunklere Mozartstraße ein, was ihm entgegenkommt. Als er die Frau auf das Parkhaus Kulturmeile zusteuern sieht, geht er schneller, um sie am Kassenautomaten einzuholen. Sonst könnte er sie aus den Augen verlieren. Melanies Freundin hat offensichtlich schon vorher ein Ticket mit Abendpauschale gelöst und ist am Automaten vorbeigeeilt. Durch die teilweise verglaste Stahltür, die zu den Parkplätzen führt, ist sie nicht zu sehen. Er öffnet die Tür, rennt den Weg entlang und eilt eine Stahltreppe zum Parkdeck 1 hinunter. Keine Frau, kein Auto, das angelassen wird. Über die nächste Treppe runter zum Parkdeck 2, von dem Fahrgeräusche heraufdringen. Er hetzt die Stufen weiter hinab und entdeckt Melanies Freundin in einem dunkelgrünen Golf. Auf der Heckklappe prangen ein Werder- und ein Sylt-Aufkleber. Weynberg interessiert mehr das Nummernschild. Den Blick darauf versperrt ihm ein Glatzkopf. An der kurzen Leine, die er in der Hand hält, zerrt eine Dogge. Beide sind aus dem Nichts materialisiert, wie die Figuren aus einem Albtraum, der ihn vor Tagen gequält hat.

## VIER

Weynberg gelingt es nicht einzuschlafen, obwohl er versucht, an nichts zu denken. Stattdessen versinkt er in einem Tagtraum. Er erinnert sich, wie er mit Anna zum Hollersee geht. Ein Sonntagabend Ende September mit klassischer Musik, Fackeln und Feuerwerk direkt am Wasser. Weynberg hat zwei Klappstühle unter seinen linken Arm geklemmt, rechts hat sich Anna eingehakt, die einen Korb mit zwei Flaschen Rotwein und belegten Brötchen trägt. Der Wind macht Urlaub, der Himmel ist klar, einem schönen Abend steht nichts im Weg. Dennoch ist er nervös. Er hat sich vorgenommen, Anna die Frage aller Fragen zu stellen: Willst du meine Frau werden? Drei Glas Wein braucht er, bis er es schafft, den Satz auszusprechen. Dein Antrag kommt überraschend, Janni, ich habe schon nicht mehr damit gerechnet, hört er ihre Stimme. Ich werde darüber nachdenken. Sie nennt ihn Janni, da ihr das K zu hart klingt.

Zwei Wochen später wartet Weynberg immer noch auf die Antwort, ohne zu ahnen, dass er sie nie erhalten wird. Sie haben vor, ins Theater am Goetheplatz zu gehen und sich von Puccinis Turandot berauschen zu lassen. Weynberg – dem Anlass entsprechend in seinem anthrazitfarbenen Anzug – verlagert seinen Schwerpunkt unruhig von einem Bein aufs andere. Ein Verhalten, das Anna nervös macht, die sich in Ruhe schminken und ankleiden möchte. Sie schlägt ihm vor, vorauszugehen und im Theatro ein Glas Wein zu trinken. Er wartet dort auf sie, weil sie versprochen hat, ihn abzuholen. Doch Anna erscheint nicht und taucht auch nie wieder auf.

In seinem Tagtraum wiederholt sich alles. Er versucht Anna auf dem Heimweg zu finden. Sie muss unterwegs verschwunden sein. Warum hat sie kein Taxi genommen, um zum Theater zu fahren? Oder ist sie seiner überdrüssig? Aber hätte sie in dem Fall nicht ihren Ausweis mitgenommen?

Weynberg verharrt in seinem Tagtraum, läuft durch die Straßen, fühlt sich einsam unter den vielen Menschen, die er nur als optisches Rauschen wahrnimmt. Es ist etwas passiert, das seine Vorstellungskraft überfordert. Eine Leere erfasst ihn, droht ihn zu ersticken. Er möchte seinem Tagtraum entkommen, ohne Chance, zumal es ihm noch nicht gelungen ist, das Geschehene zu verarbeiten.

Wie oft ist er die Wege gegangen, auf denen sie gemeinsam unterwegs gewesen sind. Lange Spaziergänge im Bürgerpark und im Stadtwald, auch an der Weser entlang. Als hoffte er, Anna dort zu treffen. Manchmal hat er sich gefragt, ob sie hinter einem der Fenster wohnt, an denen er vorbeigeht, und ihn beobachtet.

Letztlich hat sich dumpfe Angst in seinem Kopf breitgemacht, als wäre er in ein schwarzes Loch gefallen. In seiner Verzweiflung hat er immer wieder ihr Lieblingslokal aufgesucht, stundenlang auf sie gewartet und gegrillte Garnelen gegessen, die sie beide so gern mochten. Nachts hat er das Bett abgetastet, in der Hoffnung ihre warme Haut zu fühlen. Wenn er Brötchen zum Frühstück geholt hat, hat er für Anna zwei mitgebracht.

An manchen Tagen, die ihm endlos lang vorgekommen sind, hat ihn das Rätsel, das ihr Verschwinden umgibt, an den Rand der Erschöpfung getrieben. Pausenlos dieselben Fragen: Lebt sie noch? Denkt sie noch an mich? Wo könnte sie sein? Bin ich ihr begegnet, ohne sie zu erkennen?

Oft hat er geglaubt, sie sprechen zu hören, als wolle sie ihm etwas mitteilen. Ihn fragen, warum er sich nicht an die letzten Worte erinnern kann, die sie gewechselt haben, bevor sie ihn zum Theater vorausgeschickt hat. Ein belangloses Thema. Um was ist es dabei gegangen? Es fällt ihm nicht mehr ein. Das macht ihn traurig. Wie viele Male hat er darüber gegrübelt?

Er darf nicht daran denken, was Anna alles passiert sein könnte. Hat sie jemand verscharrt und Tiere haben sie ausgegraben und gefressen? Oder hat er sie selbst getötet und die Tat in seinem Unterbewusstsein abgelegt, wie man einen Kontoauszug abheftet? Ein Gedanke, der immer stärker an ihm nagt. Wo hat er die Quittungen hingetan? Hat er sie vernichtet, um einen Schlussstrich zu ziehen? Zwei Jahre nach Annas Verschwinden ist die nahezu identisch aussehende Sarah in sein Leben getreten, als wolle ihn das Schicksal verhöhnen?

Die beiden Frauen unterscheiden sich vor allem darin, dass Sarah eine sehr dunkle Stimme hat, die für Weynberg schöner klingt als Musik, selbst wenn sie über Bernd spricht. Anna hat oder hatte eine sanftere, betörende Art und einen Hang zur Melancholie, mit dem sie ihn infiziert hat. Es gibt auch Unterschiede im Aussehen, die nur ihm auffallen. Die wesentlichen Abweichungen liegen im Zusammenleben mit ihm. Anna ist stets für ihn da gewesen, weil sie zusammen gewohnt haben und eine offizielle Beziehung hatten. Da Anna ebenfalls Künstlerin gewesen ist, konnten sie sich auch beruflich austauschen. Überdies hat sie als Kunstlehrerin gearbeitet, sodass ihnen ein ausreichendes Einkommen zur Verfügung gestanden hat. Und sie hat immer ein tolles Essen auf den Tisch gezaubert. Sarah verwöhnt seinen Gaumen gleichermaßen, indem sie ihn mit edlen Käsesorten, Fischplatten oder italienischen Vorspeisen überrascht und erlesene Weine oder Champagner kredenzt. Er muss sie aber mit Bernd teilen, wobei ihm das weitaus kleinste Stück zugedacht ist.

Der Gedanke an Sarahs Auftritt als Anna drängt sich ihm auf. Ist es doch nur ein Traum gewesen? Kann es sein, dass sein Gehirn etwas nie Geschehenes als Realität abspeichert? Er hasst sich dafür, sie aus Angst vor ihrer Antwort nicht angerufen zu haben.

Albrecht stößt einen Wutschrei aus, nachdem Weynberg ihm am Telefon gestanden hat, die Spur von Melanies Freundin verloren zu haben.

»Was sollte ich denn machen? Der Parkhauswächter hat mir den Weg versperrt. Die Frau wird schon wieder auftauchen.«

»Sie sind ein Versager.« Albrecht verliert die Kontrolle über seine Stimme. Seine Worte überschlagen sich, er brüllt sie in den Hörer. »Die Frau war unser einziger Anhaltspunkt. Klemmen Sie sich gefälligst ihre Beine untern Arsch und bringen Sie mir die Frau. Ich werde selbst mit ihr reden, bevor Sie das auch vermasseln.«

Leck mich, denkt Weynberg. Er verspricht aber in einem ruhigen Ton, am Abend erneut nach Melanies Freundin zu suchen. Seinen Fund im Bahnhofsschließfach erwähnt er immer noch nicht.

Weynberg hält das Drahtgestell, auf dem die Kupferplatte liegt, mit der linken Hand auf Augenhöhe; mit der rechten streut er Kolophoniumpulver aus einem Marmeladenglas auf die Platte. Über das Glas hat er einen Nylonstrumpf gezogen, um das Material gleichmäßiger verteilen zu können. Schließlich knurrt er zufrieden und bewegt die bestäubte Platte vorsichtig über der Flamme seines Gasbrenners. Nach und nach wird der Kolophoniumstaub glasig; ein Zeichen dafür, dass er leicht angeschmolzen ist und auf dem Untergrund haftet. »Das dürfte eine perfekte Aquatinta werden«, klärt er sich auf.

Eine Stimme lässt ihn herumfahren. Die Kupferplatte fällt ihm aus der Hand und kracht scheppernd auf den Boden.

»So sehr wollte ich dich nicht erschrecken.« Vor ihm steht Sarah, wie stets elegant gekleidet. »Ich wollte nur kontrollieren, ob du wieder nackte Mädels zeichnest. Sorry wegen deiner Aquatinta.« Sie küsst ihn. »Bin sofort zurück.«

Weynberg beobachtet verdutzt, wie Sarah hinter der spanischen Wand verschwindet, wo sich sonst seine Kundinnen um- oder ausziehen. »Was ist los, so verklemmt kenne ich dich gar nicht?«

»Warte´s ab, du wirst deinen Augen nicht trauen.« Sarah tritt hervor, in einer verschlissenen Jeans und im T-Shirt einer Billigmarke. »Na, wie gefalle ich dir? So bescheiden muss es ja nicht sein, aber auch nicht immer von Feinsten.« Sie fasst den verblüfften Weynberg an der Hand und zieht ihn vor den Atelierspiegel, in dem die Models ihr Aussehen überprüfen, bevor sie vor den Künstler treten. »Na, passen wir jetzt optisch besser zueinander? Wenn du deinen Bart sauber stutzt und deine Haare von einem talentierteren Friseur schneiden lässt, dürften wir ein stimmiges Bild abgeben. Was meinst du?«

Weynberg drückt sie an sich. »Du siehst blendend aus, egal, was du trägst. Was willst du mir durch diesen Auftritt sagen, Sarah?«

»Ich denke schon länger darüber nach, mein Leben zu ändern, fast schon seitdem wir uns kennen. Ehrlich gesagt kriege ich zu wenig auf die Reihe. Ich arbeite zwar ein bisschen, aber meistens shoppe ich, gehe aus, faulenze, lese oder höre Musik. Beruf Gattin, damit muss es vorbei sein. Bereits als Kind haben meine Eltern mir jeden Wunsch erfüllt, mir Tennis- und Reitstunden bezahlt und mir ein Pferd gekauft. Mit sechsunddreißig wird es Zeit, mein Leben selbst in die Hand zu nehmen. Ohne Bernd, der mich als Spielzeug betrachtet, das er in die Ecke schmeißen kann, wenn ihn eine andere Frau interessiert.« Sarah geht zu dem weinroten Dreiersofa und lässt sich hineinplumpsen. »Alleine packe ich das nicht. Ob es Sinn macht, hängt auch von dir ab. Zöge ich zu dir, hätten wir finanziell eine schwere Übergangszeit. Ich müsste mehr arbeiten und dich managen, damit du den Durchbruch als Künstler schaffst.«

»Hieße das, ich sollte andere Bilder zeichnen?«

Sarah lacht. »Streich deine Sorgenfalten aus der Stirn. Du würdest bei deinen Landschaften und Stadtansichten bleiben. Ein Künstler lässt sich doch nicht verbiegen. Deine Radierungen sind zwar melancholisch, in ihrer Stimmung dennoch nicht negativ, eher aufklärend, hinweisend auf Dinge, die geändert werden müssten. Ich weiß nicht, wie ich es ausdrücken soll.«

Weynberg atmet innerlich auf. Sarahs Auftritt als Anna hat er geträumt, sonst verhielte sie sich anders. »Was verstehst du unter managen?«

»Etwa dafür zu sorgen, dass Artikel über dich in den Zeitungen erscheinen. Beim Tageskurier stehen die Chancen schlecht, wir könnten es bei den Stadtteilausgaben versuchen. Abgesehen davon solltest du mehr Ausstellungen haben. Und es wäre zu prüfen, ob du über die sozialen Netzwerke potenzielle Käufer erreichen und dich mit ihnen austauschen könntest.« Sie breitet ihre Arme aus. »Komm her. Ich habe deine Einstellung zum Leben bewundert, obwohl sie auch nicht optimal ist. Wir müssten uns beide ändern, Verantwortung für uns selbst und füreinander übernehmen. Was sagst du dazu?«

Weynberg setzt sich neben Sarah auf das Sofa und zieht sie auf seinen Schoß. »Das kommt überraschend, aber es ist doch klar, dass ich mit dir zusammenleben möchte.« Er schüttelt den Kopf. »Wie bist du bloß an Bernd geraten und welche Verbindung gibt es zwischen ihm und Michael Albrecht?«

Sarah schaut ihn verwundert an. »Wie kommst du denn auf den?«

»Albrecht hat mich beauftragt, nach seiner Frau zu suchen. Da sie tot ist, soll ich jetzt ihren Mörder finden. Dabei werde ich verfolgt, weiß allerdings nicht, ob die unbekannte Person mich nur beobachtet oder ob sie eine Gefahr für mich darstellt.«

»Melanie tot, ermordet?« Sarah ist entsetzt. »Sie war immer offen und freundlich. Anders als Michael, bei dem ich wie bei Bernd das Gefühl habe, er hätte was zu verbergen. Abgesehen davon mag er mich nicht. Er hat versucht, bei mir zu landen, und ich habe ihn abblitzen lassen. Warum lässt du dich von Michael als Schnüffler einspannen, das macht doch keinen Sinn?«

Weynberg räuspert sich. »Albrecht ist bei mir aufgekreuzt. Er behauptet, dich zufällig gesehen zu haben und dir zu mir gefolgt zu sein. Bei seinem Besuch hat er gesagt, Bernd sei ein enger Freund von ihm und dich kenne er auch. Er will Bernd angeblich nichts von unserer Beziehung erzählen. Keine Ahnung, ob er sich daran hält. Auf jeden Fall hat er mich in der Hand. Ich glaube, er hat schon vorher von uns gewusst und mich gezielt zu seinem willigen Helfer gemacht.«

Sarah lehnt sich mit ihrer Stirn an Weynbergs Schulter. »Das ist ein Beleg dafür, dass Bernd mir nachspioniert und zumindest was von unserem Verhältnis ahnt. Wenn ich ihn verlasse, kann mir das egal sein.«

»Aber was haben Bernd und Michael Albrecht gemeinsam? Die Frage hast du mir noch nicht beantwortet.«

»Sie kennen sich seit ihrer Schulzeit. Michael hat seine Mitschüler unterdrückt und ausgebeutet. Bernd hat dies gefallen, weil er als Gehilfe davon profitiert hat. Michael ist aufgrund seiner Neigungen zur Polizei gegangen, in der Annahme, seine Aggressivität dort weiterhin ausleben zu können. Bernd hat wegen seiner Faulheit versagt und musste, zumal er nichts anderes gefunden hat, als Reinigungskraft arbeiten. Als sein Chef in Rente gehen wollte, hat Bernd geerbt und von dem Geld den Laden übernommen. Heute drangsaliert er seine Mitarbeiter, bei denen es sich meist um Migranten handelt. Ich bin zuerst auf seine großkotzige Art reingefallen, kann sie aber nicht mehr ertragen.«

Weynberg küsst ihren Hals. »Du hast dich definitiv entschieden? Ich mag's kaum glauben. Mich hat die Leere gestört, wenn du nicht da warst. Es wäre grandios, könnte ich stärker an deinem Leben teilhaben, beispielsweise mit dir ausgehen. Obwohl es mit dir im Bett am schönsten ist.«

»Schleimer. Nun lass das Thema Bernd und zieh mir endlich die billigen Klamotten aus.«

Sarah ist lange geblieben. Weynberg wünscht, sie wäre immer noch da. Er bereitet einen Stapel Tiefdruckpapier vor, auf das er Radierungen für seine geplante Ausstellung drucken will. In Gedanken ist er bei Sarah. Sollten in Zukunft bessere Tage auf sie und ihn warten? Nur mühsam kann er sich konzentrieren. Er feuchtet das Papier mit einem Schwamm an, lässt die Blätter abtropfen und legt sie zwischen zwei dicke Glasscheiben, damit die überflüssige Nässe nach außen entweicht und das Papier beim Drucken gleichmäßig feucht ist.

Zurück in seiner Wohnung duscht er und zieht frische Klamotten an, bevor er ins Viertel geht. Nachdem er erneut in sechs, sieben Lokale geschaut hat, dieses Mal ohne auf Melanies Freundin zu treffen, durchsucht er systematisch das Parkhaus Kulturmeile. Er erkennt den Wagen an seinen Aufklebern, notiert die Nummer und verlässt das Parkhaus Richtung Osterdeich. Draußen ruft er Albrecht an. Der Hauptkommissar ist zufrieden und verspricht, die Fahrzeughalterin zu ermitteln. Zufrieden ist auch der Schatten, der sich an Weynbergs Fersen heftet.

## FÜNF

Er nimmt die Pfanne von der Herdplatte und knallt sie auf ein Arbeitsbrett. Die beiden Eier, die er hineingeschlagen hat, rutschen auf den Fußboden. Das Brutzeln verklingt, das Telefon läutet weiter. Wieder einmal Albrecht. Er gibt Weynberg den Namen und die Adresse von Melanies Freundin durch. Daten, die er in ihren Unterlagen gefunden habe. Denise Schröder wohnt in der Pappelstraße in der Bremer Neustadt in einem mehrstöckigen Haus.

Weynberg frühstückt in Ruhe, bevor er mit der Straßenbahn zur Pappelstraße fährt. Denise Schröder reagiert nicht auf sein Klingeln. Er will keine Wurzeln schlagen, versucht es im Erdgeschoss. Der junge Mann, der ihm öffnet, schaut ihn geistesabwesend an. In der Hand hält er Immanuel Kants ›Kritik der reinen Vernunft‹. Seine Beine stecken in einer zu weiten Jeans, sein Oberkörper in einem verwaschenen T-Shirt, das einmal rot gewesen sein mag. Aus der Wohnung strömt ein Geruch, der an angebranntes Essen erinnert.

Weynberg deutet nach oben. »Ich möchte zu Frau Schröder.«

»Das dürfte keine gute Idee sein. Die hatte heute Nacht Herrenbesuch. Keine Ahnung, ob der Typ noch da ist.«

»Erster, zweiter oder dritter Stock?«

»Dritter, unterm Dach. Aber Sie können doch nicht einfach ...«

»Ich sehe mal nach.« Weynberg lässt den Mieter stehen, der weitere Einwände vorbringen will. Zwei Stufen auf gleichzeitig nehmend, eilt er hinauf. Die Tür der Wohnung, der einzigen in der oberen Etage, ist nur angelehnt. Vorsichtig drückt er sie auf. »Hallo, Frau Schröder, sind Sie da?« Die Figuren, die ihn in seinem Albtraum bedroht haben, treten aus den Schatten. »Ist da jemand?« Weynberg nimmt einen massiven Stahlkleiderbügel von der Garderobe und lauscht an der Wohnzimmertür, bevor er sie aufschiebt. Denise Schröder sitzt in einem grünen Ledersessel. Fliegen streiten sich um ihre toten Augen und ihre geschwollene Zunge. Über der Leiche hängen ein leichter Verwesungsgeruch und ein Druck des Gemäldes ›Der Schrei‹ von Edvard Munch. Als wolle der Maler die Szene kommentieren.

Weynberg dreht sich weg, wählt Albrechts Handynummer und erklärt ihm die Lage. »Schicken Sie Ihre Kollegen oder soll ich die Polizei rufen?«

»Sind Sie verrückt, Weynberg? Ich habe Ihnen doch gesagt, Sie ermitteln parallel zur Mordkommission. Überlassen Sie das Denken mir und klären Sie, verdammt noch mal auf, wer Melanie getötet hat. Falls die Kollegen von Ihnen erfahren sollten, wäre es vorbei mit unseren privaten Ermittlungen. Lassen Sie die Frau liegen und hauen Sie ab. Man wird sie schon finden.«

Weynberg klingelt an allen Wohnungstüren, nur der Philosophiestudent im Parterre öffnet ihm. »Haben Sie den Mann gesehen, der in der Nacht bei Frau Schröder war?«

»Nein, ich stehe doch nicht hinter der Tür und glotze durch den Spion.«

»Woher wollen Sie dann wissen, dass es ein Mann war?«

Der Student verschränkt seine Arme vor der Brust. »Wieso fragen Sie überhaupt? Sind Sie von der Polizei?«

»Nee, ich bin ein Bekannter von Frau Schröder. Ich mache mir Sorgen, weil ich gestern mit ihr verabredet war. Sie ist nämlich nicht gekommen. Deshalb wäre es nett, wenn Sie mich an Ihrem Wissen teilhaben ließen.«

Der Student legt seine Stirn in Falten, als stände er vor der Entscheidung seines Lebens. »Na gut, aber falls Sie sich den Mann vorknöpfen wollen, lassen Sie meinen Namen aus dem Spiel. Da meine Wohnzimmertür offenstand, konnte ich aus dem Treppenhaus die Stimme von Frau Schröder und die eines Mannes hören.«

»Danke, geht doch.« Weynberg eilt die Stufen zur Haustür hinunter. Unten dreht er sich um. »Sie können mir noch einen Gefallen tun. Bitte rufen Sie die Polizei an. Frau Schröder ist ermordet worden.«

Weynberg ärgert sich. Warum hat er die Frau vorgestern entwischen lassen? Albrecht hat gut reden, wenn er fordert, er solle den Täter finden. Denise Schröder ist die heißeste Spur gewesen. Ihm bleibt nur noch, wieder durch die Lokale zu ziehen und einen Allerweltstypen zu suchen.

Zunächst muss er Stress abbauen. Er betrachtet seine Umgebung, die um den Bunker herum nicht gerade heimelig wirkt, geht Richtung Friedrich-Ebert-Straße und setzt in ein Café am Delmemarkt. Hier spielt das Leben. Händler haben gut besuchte Verkaufstände aufgebaut. Auch die Freiluftbücherei, die an der Straße steht, verzeichnet regen Zulauf. Leute kommen und tauschen Bücher. Andere nutzen die Sitzgelegenheiten des eisernen Bücherschranks, um in Romanen zu blättern, sich zu unterhalten oder ein Bier zu trinken. Ein Ort der Kommunikation, den es in allen Stadtteilen geben sollte. Weynberg schaut dem Treiben zu und entspannt sich etwas.

Gleich Mittag. Er nippt an seinen Cappuccino. Könnte er es schaffen, mit der Straßenbahn nach Schwachhausen zu fahren und Sarah vom Geigenunterricht abzuholen? Ob sie begeistert sein wird? Bernd dürfte jedenfalls nicht auf sie warten.

An der Haltestelle Emmastraße steigt er aus und sieht ihren BMW Z8. Da die Sonne scheint, hat sie das Verdeck heruntergeklappt. Er nutzt die Gelegenheit und schwingt sich auf den Beifahrersitz. Mal sehen, wie sie reagiert.

Mit einer Kopfnuss, wie er schmerzhaft erfährt. Ihr Gesicht ist vor Verstimmung leicht gerötet. »Ich habe dich tausendmal gebeten, mir in der Öffentlichkeit aus dem Weg zu gehen. Noch habe ich mit Bernd nicht über die Trennung gesprochen. Es muss sich erst ein passender Moment ergeben.« Sarah lässt ihren Wagen an. »Was machst du eigentlich hier? Du willst mich doch nur in deine Bude locken. Höchstens zwei Stunden.«

Ihm fällt ein Stein vom Herzen. »Warum nicht schon für immer. Ich liebe dich, Sarah.«

Sie blickt ihm in die Augen. »Ich dich auch, Jannik. Vielleicht sollten wir aber mit unserem Zusammenleben warten, bis Bernd unter der Erde ist und ich alles geerbt habe?«

»Wie wär´s mit einem Vorschuss?«

Sarah sieht ihn fragend an.

»Ich habe deine Äußerung als Auftrag verstanden«, versucht Weynberg Licht ins Dunkel ihrer Gedanken zu bringen. Dabei ahnt er nicht, wie verbittert er einmal sein wird, Bernd Maar nicht beseitigt zu haben.

Weynberg flucht. Tropfnass rennt er zum Telefon. Erst klingelt das Ding, als er Eier brät, jetzt während duscht. Wieder ist es Albrecht, der nervt.

»Sie müssen sofort kommen, Weynberg. Wir haben was zu bereden. Bei mir zu Hause.« Er nennt ihm die Adresse. »Es eilt.«

»Um was geht´s denn?« Entgeistert starrt Weynberg den Telefonhörer an. Albrecht hat aufgelegt.

Er trocknet sich betont langsam ab. Albrechts schlechte Manieren gehen ihm zunehmend gegen den Strich. Soll er ruhig warten. Auf dem Weg ins Schlafzimmer, wo er sich anziehen möchte, findet er Sarahs Hausschlüssel. Er wählt ihre Handynummer. Sie hat es schon bemerkt und ist umgekehrt. Nun muss er sich doch beeilen, sie will bestimmt nicht wieder raufkommen. Er rennt die Treppe hinunter. Sarah parkt direkt vor der Haustür und macht keinerlei Anstalten, auszusteigen. Sie weiß, wie ich funktioniere, vermutet Weynberg. Sie hat mich genauso im Griff wie Albrecht.

Sarah Maar streckt ihre Hand nach dem Schlüssel aus. Weynberg ignoriert sie und schlendert um den Wagen herum. »Das Hündchen besteht auf seiner Belohnung.« Er greift in ihre Haare und dreht ihren Kopf so, dass er sie küssen kann. Sarah wehrt sich nicht, startet allerdings den Motor und lässt den Wagen anrollen. Sie schaut in den Rückspiegel und hebt einen Arm zum Abschied. Dann verschwindet sie um die Ecke. Hoffentlich nicht wie Anna, denkt Weynberg. Aber warum sendet ihm sein Gehirn diesen Gedanken jetzt? Er schlägt sich mit der Hand an die Stirn. Was bin ich für ein Idiot. Wenn mich mein Verfolger heute beobachtet hat, kennt er auch Sarah.

Michael Albrecht reißt die Tür seines Reihenhauses in Bremen-Arsten auf, bevor Weynberg den Klingelknopf drücken kann. »Mensch, Weynberg, wo bleiben Sie bloß. Ich sagte doch, es eilt.«

»Ich stand unter der Dusche, als Sie angerufen haben. Danach habe ich in der Hektik eine Flasche Rotwein umgeschmissen, den ich erst mal wegwischen musste. Wo brennt´s denn?«

Albrecht hat sich dieses Mal für ungepflegte Kleidung entschieden. Hat es wohl nicht mehr zur Reinigung geschafft? Er sieht Weynberg skeptisch an. »Kommen Sie rein.«

Ein muffiger Geruch schwebt in der Luft. Vier oder fünf Tage haben Albrecht gereicht, um das Haus verwahrlosen zu lassen. Weynberg will nicht über ihn richten. Er ist nach Annas Verschwinden auch völlig neben der Spur gewesen.

Albrecht führt Weynberg ins Wohnzimmer, das leere Bierflaschen und Chiptüten dominieren. »Sehen Sie´s mir nach, Weynberg, ich habe zurzeit andere Sorgen.« Albrecht nimmt einen Stapel Tageszeitungen aus einem Sessel und deutet auf den freien Platz. Er selbst lässt sich aufs Sofa fallen. »Mich hat ein André Kleine angerufen. Er bietet Informationen über Melanies Mörder und verlangt als Gegenleistung zehntausend Euro. Er hat mich aufgefordert, die Tasche mit dem Geld heute Nacht um ein Uhr vor der Tür des Aussichtsturms im Stadtwald abzulegen.«

»Wenn der Mann seinen Namen nennt, kann er doch gleich hier vorbeikommen.«

»Er hat seinen Namen nicht genannt, aber vergessen, seine Handynummer zu unterdrücken. Deshalb konnte ich den Namen ermitteln lassen. Da ich weder weiß, wer Melanie getötet hat noch warum dies geschehen ist und ob ich ebenfalls auf der Liste des Täters stehe, möchte ich Sie bitten, in den Stadtwald zu gehen. Der Anrufer will das Geld oder mich. Ihnen wird er nichts tun.«

Weynberg zieht nervös an seinem rechten Ohrläppchen. »Verlangen Sie etwa von mir, nach Mitternacht durch den dunklen Stadtwald zu schleichen? Wie soll ich den Mann denn überwältigen, ich habe nicht mal eine Pistole? Aber der Herr Kleine, oder wie er heißt, dürfte eine Waffe besitzen. Wenn ich Glück habe, lacht er mich nur aus und haut ab.«

Albrecht grinst. »Sie hätten Prediger werden sollen, die schwatzen auch so lange. Glauben Sie mir, André Kleine kommt nicht. Jemand hat mit seinem Handy telefoniert, um von sich abzulenken.«

»Das wäre ja noch schlimmer und ich bin mir sicher, dass ich dieser Person nicht begegnen möchte.« Weynberg denkt an seinen Schatten. Kurt, oder wie er heißen mag. Er muss damit rechnen, von ihm zum Aussichtsturm begleitet zu werden. Eine Vorstellung, die ihm nicht behagt.

Albrecht winkt ab. »Denken Sie daran: Sie tun das auch für Sarah Maar.« Er räuspert sich. »Den Satz ziehe ich zurück. Konzentrieren wir uns auf André Kleine. Kommt er doch, kann er später nicht behaupten, ein anderer hätte sein Mobiltelefon benutzt. Erscheint jemand, der Kleines Handy besitzt, wäre es wichtig, diese Person zu identifizieren. Egal wer auftaucht, Sie dürfen die Person verfolgen und ihre Adresse feststellen, falls Sie Schiss vor einem Zugriff haben.«

Weynberg zuckt die Schultern. »Es ist ihr Geld. Ihnen ist ja wohl klar, was Sie tun.«

»Ich packe nur alte Zeitungen in die Tasche. Warum sollte ich zahlen, dadurch würde Melanie auch nicht unter die Lebenden zurückkehren.«

»Ich habe mehr an mein zusätzliches Honorar gedacht.«

Albrecht steht auf. »Ich koche uns erst mal einen Kaffee. Keine Sorge, es gibt in diesem Haushalt noch saubere Tassen.«

Weynberg geht ihm nach. »Wer könnte wissen, dass Sie mich beauftragt haben?«

Albrecht füllt gemahlenen Kaffee in den Filter. »Erstens der Täter, zweitens Melanies Geliebter, falls dieser wirklich existiert und nicht mit dem Mörder identisch ist, drittens die von Ihnen befragten Gastronomiemitarbeiter und viertens diejenigen, die Ihre Gespräche im Viertel belauscht oder mit denen die Gastronomiemitarbeiter getratscht haben.«

»Und mein Schatten.«

»Der dürfte mit dem Täter, Melanies Geliebten oder beiden identisch sein. Wie dem auch sei, jemand versucht aus meinem Leid Kapital zu schlagen. Die Sitten verrohen immer mehr.«

»Sollte es nicht an der Zeit sein, die Aufklärung allein ihren Kollegen zu überlassen?«

»Nein, ich habe meine Gründe, anders zu entscheiden, möchte aber noch nicht darüber sprechen.«

Die Kaffeemaschine blubbert. Albrecht stellt zwei Becher, Milch und Zucker auf ein Tablett. »Wären Sie so nett, Herr Weynberg? Ich bringe den Kaffee mit. Im Wohnzimmer reden wir über das weitere Vorgehen.«

Weynberg setzt sich wieder und schaut Albrecht erwartungsvoll an. »Wenn Sie so weitermachen, werden Sie meine größte Einnahmequelle.«

Albrecht schenkt Kaffee ein. »Vielleicht schaffen Sie bald den Durchbruch.« Er reicht Weynberg einen Computerausdruck, der zusammengefaltet auf dem Wohnzimmertisch gelegen hat. »Gehen Sie morgen zu André Kleine, bevor er zur Arbeit fährt. Nehmen Sie ihn hart ran. Konfrontieren Sie ihn mit dem Vorwurf, Melanie getötet zu haben.«

Auf der obersten Treppenstufe vor seiner Wohnung sitzt sein Freund Markus Heidorn, den Weynberg erst am Abend erwartet hat. Heidorn trägt seinen einzigen Anzug. Ein zerknittertes graues Etwas, das er immer anzieht, wenn er sein Zuhause verlässt. Auf seinen Schlips verzichtet er, seitdem er ihn unumkehrbar mit Soße bekleckert hat.

»Wo bleibst du denn, Jannik. Soll ich mir hier den Hintern wund sitzen und verdursten?«

Weynberg schließt auf. »Wir sind erst gegen acht verabredet, erinnerst du dich?«

Heidorn eilt in gebückter Haltung an ihm vorbei. »Ich muss aufs Klo.«

Weynberg öffnet eine Flasche Rotwein und füllt zwei Gläser zu einem Drittel. Nebenan rauscht die Spülung.

Heidorn kommt mit einem strahlenden Gesicht ins Wohnzimmer. »Das war knapp.« Er zeigt auf die Gläser. »Gibt´s was zu feiern?«

»Kann man so sagen.« Weynberg prostet Heidorn zu. »Du darfst dich auch auf Pizza freuen, weil ich einen dicken Auftrag bekommen habe. Ich rufe gleich den Bringdienst an.« Weynberg spürt, dass Heidorn, der als Krimiautor am finanziellen Abgrund steht, das Wasser im Munde zusammenläuft.

»Soso, du hast einen dicken Auftrag. Haben sich mehrere Mädels zusammengetan, um sich von dir zeichnen zu lassen?«

Weynberg muss innerlich lächeln. Markus und er lästern ständig über die Arbeit des anderen. »Meine Zeichnungen und meine Workshops sind allemal lukrativer als deine Krimiversuche. Und jetzt komme ich noch als Private Eye groß raus, durch eine Mordermittlung.«

Heidorn lacht. »Dir traue ich zu, dass du wegen deiner Karriere jemanden um die Ecke bringst und dich dann mit der Aufklärung beauftragst. In dem Fall dürftest du den Täter nicht fassen. Das ist dir hoffentlich klar?«

»Dir wird das Lachen gleich vergehen. Wir haben vereinbart, uns gegenseitig zu helfen. Da ich sämtliche sonderbaren Manuskripte von dir gelesen und damit mein Soll übererfüllt habe, bekommst du heute Abend die Chance, dich zu revanchieren.«

Markus Heidorn nippt am Wein. »Es geht aber nicht um den Mord?«

»Um was denn sonst? Ich muss um eins im Stadtwald eine Tasche hinterlegen und herausfinden, wer sie abholt. Du wirst mich begleiten. Nach diesem Event gehen dir die unheimlichen Szenen wesentlich leichter von der Hand.« Weynberg steht auf. »Ich rufe den Pizzaservice an. Nimmst du auch die scharfe Diavolo?«

## SECHS

Ein Rascheln im Gebüsch.

»Mach die Taschenlampe aus.«

Heidorn stolpert über einen Ast. »Soll ich mir die Knochen brechen?«

Beide Männer ducken sich instinktiv, als im fahlen Mondlicht ein Schatten über sie hinweg huscht und in der Ferne verschwindet.

»Hier ist ein Weg.« Weynberg zieht Heidorn aus dem Unterholz. »Bleib am Rand, da bist du nicht so leicht zu sehen.«

»Gott sei Dank sind wir nicht ins Wasser gefallen. Guck dir diesen großen Teich an.«

Die Wasseroberfläche spiegelt das Licht des Mondes in einer Weise, die auf Weynberg bedrohlich wirkt, als wolle ihm die Landschaft eine Warnung schicken.

»Dort steht der Aussichtsturm.« Weynberg deutet auf den weißen Rundbau, der auf einer Anhöhe errichtet worden ist. Das Mondlicht schafft es kaum, ihn aus dem dichten Grün des Stadtwaldes herauszuheben. »Du wartest hier, Markus, bis ich oben die Tasche abgestellt habe. Sobald du was Verdächtiges siehst oder hörst, rufst du.«

Ein Nachtvogel schreit. Heidorn zuckt zusammen. »Spinnst du? Ich bleibe doch nicht allein zurück.«

»Du bist mir ein tapferer Krimiautor.« Weynberg zieht sich eine dunkelgraue Strickmütze über den Kopf, in die er Sehschlitze geschnitten hat. Durch seine Vermummung und den von Heidorn geliehenen Tarnanzug hofft er, optisch mit der Umgebung zu verschmelzen.

Er schleicht, auf jedes Geräusch achtend, den gebogenen Weg zum Aussichtsturm hinauf, in den in Abständen Stufen eingelassen sind. Immer wieder bleibt er stehen, um sein pochendes Herz zu beruhigen. Was hat mich bloß geritten, mich auf dieses Abenteuer einzulassen?, fragt er sich. Er stutzt, hat er sich verhört oder summt eine Frau die berühmte Arie Nessun Dorma aus der Oper Turandot? Kaum vorstellbar in diesem Ambiente. Es sei denn, sie gehört zu den Schwarzen, den Gothics, die nachts auf Friedhöfen hocken und nach Patschuli riechen. Aber sollte sie in dem Fall nicht eher Lacrimosa aus Mozarts Requiem summen? Die Stimme der Frau scheint von der anderen Seite des Turms herüberzuwehen. Weynberg flüstert sich Mut zu, steigt das letzte Stück des Weges hinauf und hält nach der Tür des Rundbaus Ausschau. Die Frau summt lauter, als wolle sie gegen sein Erscheinen protestieren. Am liebsten würde er die Tasche absetzen und diese groteske Inszenierung verlassen. Inszenierung? Eine Falle? Etwas Weiches fasst ihm von hinten ins Gesicht. Er dreht sich um, sieht den Schlag kommen, kann aber nicht mehr ausweichen.

Tropfen fallen auf Weynbergs Gesicht, begleitet von einer glitschigen Hand, die seinen dröhnenden Kopf tätschelt. Die Gestalt, die über ihm hockt, trägt wie er einen Tarnanzug und spricht wie Markus Heidorn. »Wach endlich auf. Jemand hat mich in den Teich gestoßen. Dort musste ich mir das Geschnatter von Enten anhören. Es klang, als würden Sie mich verhöhnen.«

Weynberg tastet seinen Kopf ab. Seine langen Haare, die er hochgebunden hatte, damit sie unter die Mütze passen, haben den Schlag gedämpft. Er schaut sich um, die Tasche ist verschwunden. »Es ist erst vierzig Minuten nach Mitternacht. Wenn der angekündigte Empfänger die Person war, die mich niedergeschlagen hat, ist er viel zu früh gekommen.«

»Wen interessiert das noch?« Heidorn schaltet seine Taschenlampe ein und leuchtet sich ins Gesicht, in dem grüne Algen kleben. »Mir ist arschkalt. Lass uns abhauen, oder soll ich mir den Tod holen?«

»Du hast recht, denn wir haben es hier auf keinen Fall mit einem Gelegenheitserpresser zu tun.«

»Mit wem denn sonst?«,

»Ich werde schon seit Tagen beschattet. Ich nehme an, der Empfänger der Tasche und mein Schatten, der auch der Mörder sein dürfte, sind identisch.«

»Wie beruhigend.« Heidorn spitzt seine Ohren. »Was ist das? Summt da eine Frau?«

Weynberg nimmt Heidorn die Lampe aus der Hand. »Das klären wir gleich.« Er nähert sich der Quelle der Musik. Auf dem Rasen hinter dem Aussichtsturm liegt ein Smartphone im Gras, das eine Aufzeichnung abspielt, die jemand vor dreißig Sekunden eingeschaltet hat.

Weynberg schaut kurz ins Wohnzimmer, bevor er seine Wohnung verlässt. Markus Heidorn ruht schnarchend auf dem Sofa. Weynberg beneidet seinen Freund. Er schliefe auch gern aus, zu mehr als einer Stunde hat es aber nicht gereicht.

Er hofft, André Kleine zu Hause in Bremen-Woltmershausen anzutreffen. Der Mann wohnt in einem sanierungsbedürftigen Mietshaus unter der Adresse ›Auf dem Bohnenkamp‹. Die Haustür ist nur angelehnt. Findet er wieder eine Leiche? Er entdeckt das Namensschild von Kleine neben einer Tür im ersten Stock. Ein Blick auf die Uhr, zwanzig nach sechs. Welch unchristliche Zeit, denkt Weynberg und drückt auf die Klingel. Dreimal muss er läuten, bis er schlurfende Schritte hört.

»Wer ist da?«

»Polizei, bitte machen Sie auf.«

Ein Schlüssel dreht sich im Schloss, die Tür wird so weit geöffnet, wie es die Sicherheitskette zulässt.

Weynberg zeigt kurz seinen Führerschein und steckt ihn weg, bevor Kleine die Chance hat, ihn genauer zu anzusehen. »Herr Kleine, Sie haben Kriminalhauptkommissar Michael Albrecht angerufen und von ihm zehntausend Euro für Informationen über den Mörder seiner Frau verlangt. Wir betrachten Ihren Anruf als Erpressungsversuch.«

André Kleine sieht Weynberg fassungslos an. »Was reden Sie da? Ich kenne keinen Hauptkommissar.«

»Und wie erklären Sie sich den Anruf? Sie haben Ihr Handy benutzt, wir haben die Gesprächsdaten.«

»Das ist mir geklaut worden.«

Weynberg blickt zu der anderen Wohnungstür, die sich auf dieser Etage befindet. »Wenn Sie mich reinlassen, könnten wir drinnen ungestört weiterreden.«

Kleine zögert einen Moment, bevor er die Sicherheitskette löst. Er trägt einen dunkelblauen Morgenmantel, aus dem seine hellen Beine wie Fremdkörper herausragen. Weynberg ist erstaunt über die aufgeräumte Wohnung. Daran sollte er sich ein Beispiel nehmen.

»Möchten Sie einen Kaffee?« Kleine deutet auf die offen stehende Küchentür. »Immer dem Duft nach. Ich bereite mir gerade mein Frühstück.«

Weynberg nimmt dankend an. »Nun erzählen Sie mal, Herr Kleine, wo und wie Ihnen Ihr Handy gestohlen wurde.«

»Ich habe in der Cafeteria der Buchhandlung in der Obernstraße gesessen. Irgendwann musste ich auf die Toilette. Dummerweise habe ich mein Handy auf dem Tisch liegen lassen. Anschließend war es weg.«

»Erinnern Sie sich an andere Gäste?«

»Am Nebentisch saß ein Mann. Bevor Sie mich fragen, keine Ahnung, wie er aussah. Auffällig war nur das Buch, in dem er geblättert hat.«

Weynberg sieht ihn abwartend an. »Machen Sie´s nicht so spannend.«

»Wenn ich mich recht erinnere, trägt das Buch den Titel ›Das Serienmörder-Prinzip‹. Den Autor müssen Sie selbst herausfinden, falls Sie mit meiner Aussage überhaupt was anfangen können.«

Weynberg notiert sich den Titel, trinkt seinen Kaffee aus und steht auf. »Vielen Dank, Herr Kleine, wir überprüfen Ihre Aussage. Bitte bleiben Sie in der Stadt, und halten Sie sich zu unserer Verfügung.«

Ich sollte mich bei den Bullen bewerben, denkt Weynberg im Treppenhaus. Dann bekäme ich einen Polizeiausweis, der auf Dauer eher Türen öffnet als ein Führerschein.

Er ruft Albrecht an. »Hallo, Herr Hauptkommissar. Ich hatte im Stadtwald ein seltsames Erlebnis. Ein Smartphone hat die Arie Nessun Dorma aus Turandot gespielt. Sie wissen von meiner Vorliebe für diese Oper. Hatten Sie dabei Ihre Finger im Spiel?«

Albrecht lacht. »Aus Ihnen könnte ein Kriminalist werden. Ich nehme Ihnen nicht übel, dass Sie mich verdächtigen. Im Gegenteil: Ich freue mich über die Information, weil sich dadurch mein Verdacht gegen die Person erhärtet, gegen die Sie in meinem Auftrag ermitteln. Jetzt zu André Kleine. Was hat der Mann gesagt?«

»Das ihm in der Cafeteria der Buchhandlung sein Handy geklaut worden ist, er sich aber nicht erinnern kann, wer dort neben ihm gesessen hat. Der Typ soll in dem Buch ›Das Serienmörder-Prinzip‹ gelesen haben.«

Der Hauptkommissar bedankt sich. Weynberg fährt im Linienbus in die Innenstadt zurück. Mit einer Tüte Brötchen und einem unbeschrifteten braunen DIN-A5-Umschlag in der Hand, der in seinem Briefkasten gesteckt hat, schließt er seine Wohnungstür auf. Markus Heidorn ist verschwunden. Auf dem Tisch liegt ein Zettel mit dem Versprechen, sich wieder zu melden. Weynberg reißt den Umschlag auf. Die Fotos zeigen ihn dieses Mal vor dem Haus von Denise Schröder, in Sarahs BMW in der Hermann-Henrich-Meier-Allee und wie er sie vor seiner Haustür küsst. Kurt hat mit ihm in der Straßenbahn gesessen, eine andere Erklärung fällt ihm nicht ein. Von Schwachhausen aus wird er, ebenfalls mit der Bahn, zur Wilhelm-Kaisen-Brücke gefahren und dann zum Sankt-Pauli-Deich gelaufen sein. Weynberg ist der Appetit vergangen. Er legt sich ins Bett, kann aber nicht einschlafen. Am Abend muss er Sarah informieren, dass sein Schatten Fotos von ihr besitzt.

»Wir sind einen wesentlichen Schritt vorangekommen, denn wir wissen, wer sich für das Buch über Serienmörder interessiert hat.« Michael Albrecht klingt zufrieden.

»Die Buchhandlung hat es am fraglichen Tag nur einmal verkauft. Da es mit einer Kreditkarte bezahlt wurde, konnten wir die Spur verfolgen.« Albrecht zögert kurz. »Ich sollte es Ihnen nicht sagen, weil Sie aber für mich gearbeitet haben und heute bereits ein Bericht darüber in der Zeitung steht, mache ich eine Ausnahme. Der mutmaßliche Täter ist ein Kollege von mir. Ich habe ihn von Anfang an verdächtigt, schon hinsichtlich des Verschwindens von Melanie, wollte meinen Verdacht jedoch nicht äußern, bevor ich etwas gegen ihn in der Hand hatte. Das war der Grund dafür, Sie parallel ermitteln zu lassen. Der Kollege dürfte im Stadtwald auch Nessun Dorma abgespielt und die Tasche abgeholt haben, zumal bislang niemand angerufen und sich über die alten Zeitungen beschwert hat.«

Weynberg reibt seine Augen. Albrecht hat ihn mit seinem Anruf aus dem Schlaf gerissen, in den er noch gesunken ist. »Heißt der Mann Kurt?«

»Ja, mehr müssen Sie nicht wissen. Schicken Sie mir Ihre Rechnung, der Fall ist für Sie erledigt. Die weiteren Ermittlungen bewältigt die Polizei alleine. Danke für Ihre Unterstützung.«

Weynberg ist frustriert, weil Albrecht ihn kurz vor Abschluss des Falls herausdrängt und nicht er, sondern sein Auftraggeber den Täter entlarvt hat.

Am liebsten legte er sich wieder ins Bett. Da er aber einen Termin für eine Aktzeichnung vereinbart hat, ist er in seinem Atelier gefragt. Er holt sein Fahrrad aus dem Keller und fährt auf dem Deich zur Habenhauser Landstraße, wo er auch Radierungen für seine Vernissage drucken will. Wer weiß, ob die Frau kommt, ihren Namen hat sie nicht genannt?

Seine Sorge ist unbegründet, sie wartet bereits vor dem Atelier. Eine üppige, in die Jahre gekommene Blondine. Er reicht ihr die Hand und hält ihr die Tür auf. »Jannik Weynberg, treten Sie ein.«

»Marion, guten Tag.«

Weynberg geht voran und deutet auf die spanische Wand. »Wie beim Arzt, aber ohne die Gefahr schlechter Nachrichten. Machen Sie sich schon mal frei.«

»Ich, äh, ich habe mir das anders vorgestellt.« Marion öffnet ihre Handtasche. Weynberg kommt der Gedanke, sie könne eine Waffe ziehen. Stattdessen holt sie ein kleines Aktfoto hervor. »Das bin ich vor zehn Jahren.« Ihr Gesicht zeigt eine gewisse Rötung. »Mein Mann wünscht sich davon eine DIN A3-Zeichnung für unser Schlafzimmer.«

Weynberg wirft nur einen kurzen Blick auf das Foto. »Tut mir leid, Marion, danach kann ich Sie nicht zeichnen.«

»Warum denn nicht?«

»Das Foto hat keine Tiefe, ist unscharf und zu klein. Ich könnte Sie schlanker zeichnen, so wie Sie vor zehn Jahren ausgesehen haben. Dafür müssten Sie aber Modell stehen. Am besten koche ich uns erst mal einen Tee und Sie überlegen sich, was Sie wollen.«

Nebenbei nutzt er die Zeit wieder für Lockerungsübungen. Er kommt mit dem Tee zurück und wäre fast mit Marion zusammengeprallt, die bekleidet hinter dem Wandschirm hervortritt. »Seien Sie mir bitte nicht böse, ich bringe das nicht.« Sie gräbt ihr Portemonnaie aus der Handtasche hervor. »Was bin ich Ihnen schuldig?«

Weynberg winkt ab. »Ist schon okay.«

Er begleitet Marion zur Tür. So habe ich mehr Freiraum für meine Radierungen, denkt er und geht in seine Druckwerkstatt. Auf den Drucktisch der Radierpresse zeichnet er Markierungen zum Positionieren der Kupferplatte und des Tiefdruckpapiers ein, das er auf die gewünschte Größe gerissen hat. Dann färbt er die Platte ein und drückt dabei die Farbe in die geätzten Vertiefungen. Überflüssige Farbe wischt er mit Gaze und den Rest mit dem Handrücken weg, wobei er einen leichten Plattenton stehen lässt. Er legt die Kupferplatte mit der Zeichnung nach oben auf den Drucktisch, darauf einen Bogen Papier und zum Schluss einen Wollfilz. Vorsichtig stellt er den Pressendruck ein, indem er die Oberwalze auf beiden Seiten der Presse feinfühlig herunter dreht. Anschließend zieht er den Tisch mit gleichmäßiger Geschwindigkeit zwischen der Ober- und Unterwalze durch. Gespannt auf das Ergebnis, hebt er das Papier von der Kupferplatte. Ein gelungener Druck.

Es klingelt an der Tür, vor ihm steht Marion, mit einem schrägen Grinsen im Gesicht. »Ich möchte meinen Mann nicht enttäuschen. Also gehen wir's an, aber bitte schlanker.«

Weynberg gelingt auf Anhieb eine perfekte Zeichnung. Nach der Sitzung verabschiedet sich Marion entspannt und gut gelaunt. In ihrer Stimme liegt ein verschwörerischer Unterton. Sie verrät ihm, was er ohnehin angenommen hat: Sie wolle ihrem Mann sagen, die Zeichnung wäre nach dem Foto angefertigt worden.

Weynberg macht eine Pause, um sein mitgebrachtes Käsebrot zu essen. In der Tageszeitung stößt er auf den von Albrecht erwähnten Bericht über den Mordfall seiner Frau, der erstaunlich schnell erschienen ist. Tatverdächtig sei ein Beamter der Kriminalpolizei, angeblich der Geliebte von Melanie. Sollte Albrecht hinter das Verhältnis der beiden gekommen sein? Falls ja, könnte auch er Melanie getötet haben und jetzt versuchen, seinen Kollegen zu belasten. In dem Fall müsste eine weitere Person involviert sein, denn Albrecht und er, Weynberg, sind gemeinsam verfolgt und fotografiert worden.

Da der verdächtige Beamte, dem die Verhaftung drohe, untergetaucht sei, gehe man laut Zeitung davon aus, dass ihn jemand aus den Reihen der Polizei gewarnt habe. Gegen den Verdächtigen sprächen Indizien. Zum einen sei er derjenige, der in der Buchhandlung in der Obernstraße das Buch ›Das Serienmörder-Prinzip‹ gekauft und mit seiner Kreditkarte bezahlt habe. Zum anderen, und das wiege wesentlich schwerer, habe die Spurensicherung in seinem Haus Blutspuren gefunden.

Wie Albrecht bestätigt hat, heißt der Verdächtige Kurt. Seinen Nachnamen nennt das Blatt nicht. Für siebzehn Uhr dreißig habe die Polizei eine Pressekonferenz angesetzt, berichtet die Zeitung weiter. Weynberg überlegt, daran teilzunehmen, auch wenn er Albrecht dadurch gegen sich aufbringen dürfte.

»Jannik Weynberg von der Bremer Tageszeitung. Ich würde gern Hauptkommissar Albrecht sprechen.«

Der Uniformierte, der am Eingang des Polizeipräsidiums in der Neuen Vahr steht, setzt eine bedauernde Miene auf. »Hauptkommissar Albrecht hat ausdrücklich darauf hingewiesen, dass sich Journalisten an die Presseabteilung wenden mögen.«

»Ich habe einen Termin.«

Der Polizist kann seine Zweifel nicht verbergen, greift aber zum Telefon. Nachdem er aufgelegt hat, deutet er auf eine Sitzecke. »Nehmen Sie bitte einen Moment Platz. Eine Mitarbeiterin von Hauptkommissar Albrecht holt sie ab.«

Weynberg muss eine halbe Stunde warten, bis die Frau kommt. Sie stellt sich als Bianca Lüders vor und gibt zu verstehen, dass Albrecht seinen Besuch als unpassend empfindet.

Albrecht, heute wieder tadellos gekleidet, schließt seine Bürotür hinter Weynberg etwas lauter, als es nötig gewesen wäre. »Was fällt Ihnen ein, Weynberg, hier aufzukreuzen?«, zischt er. »Es braucht nicht jeder erfahren, dass wir uns kennen.«

Weynberg hofft vergebens auf das Angebot, sich zu setzen. »Bei allem Respekt, ich lasse mich nicht gern abservieren. Ich war in den Fall involviert und möchte wissen, wie er ausgeht.«

»Ich ermittle nicht in dem Fall. Gehen Sie gefälligst in die Pressekonferenz der Mordkommission um halb sechs.«

Weynberg bekommt den Gedanken nicht aus dem Kopf, ausgenutzt worden zu sein. »Da ich schon mal hier bin, können Sie mich auch gleich aufklären.«

Albrecht sieht aus, als wolle er explodieren, nimmt sich aber zusammen. »Wir haben den Mörder, er heißt Kurt Bergmann. So peinlich es ist, er arbeitet in meiner Abteilung.«

»Was macht Sie so sicher, dass er der Täter ist? Verdächtigen Sie ihn, nur weil er das Buch ›Das Serienmörder-Prinzip‹ gekauft und die Spusi Blut ihrer Frau in seinem Haus gefunden hat?«

»Das genügt ja wohl, es ist mehr als ein Indiz. Ich frage mich nur, wie ein Kriminalbeamter so blöd sein kann, Melanie im eigenen Haus zu ermorden. Dabei hat er sich sogar noch sicher gefühlt. Selbst ein Hauptkommissar, der bei der Sitte arbeitet, sollte wissen, dass es nicht reicht, das Blut wegzuwischen. Abgesehen davon gehört der Handschuh, den Sie im Friedeholz aufgesammelt haben, Bergmann.« Albrecht schüttelt den

Kopf. »Was er durch diese Tat auch seiner Mutter angetan hat, ich mag nicht daran denken.«

»Stammt das Blut, das die Polizei bei diesem Bergmann entdeckt hat, tatsächlich von Ihrer Frau?«

Albrecht zuckt mit den Schultern. »Wir müssen das Ergebnis der Analyse abwarten. Die Kollegen aus der Mordkommission haben jedenfalls Hinweise auf viel Blut gefunden. Und Bergmann wird in seinem Flur kaum ein Schwein geschlachtet haben. In dem Fall hätte er ja Selbstmord begehen müssen.« Albrechts Gesicht verzieht sich vor Hass zu einer Fratze. »Der Todeszeitpunkt ist noch zu ermitteln. Er dürfte nach der ersten Einschätzung des Pathologen mit der Zeit übereinstimmen, zu der Melanies Armbanduhr stehen geblieben ist. So, jetzt gehen Sie bitte, Herr Weynberg. Weitere Fragen beantworten Ihnen die Kollegen auf der Pressekonferenz, obwohl Sie da auch nichts zu suchen haben.«

Weynberg entdeckt im Bremer Telefonbuch einen Kurt Bergmann, wohnhaft im Steintor-Viertel. Die Hoffnung, auch dessen Mutter über das Telefonverzeichnis finden zu können, zerschlägt sich angesichts der unzähligen in Bremen wohnenden Bergmanns. Er notiert die Adresse, fährt mit der Straßenbahn ins Viertel und klingelt bei Kurt Bergmann. Der Hauptkommissar wohnt in der Berliner Straße in einem der zweistöckigen Reihenhäuser, deren schmale Vorgärten einen gepflegten Eindruck machen. Auf sein Klingeln antwortet niemand. Damit hat Weynberg schon gerechnet, nicht aber, wie aus dem Nichts angesprochen zu werden.

»Was wollen Sie, sind Sie ein Kollege von Kurt?«

Weynberg schaut nach oben. Käthe Bergmann, nur sie kann es sein, liegt in einem offenen Fenster auf der Lauer. Er schätzt die hagere, grauhaarige Frau auf Ende sechzig.

»Nein, ich kenne Ihren Sohn nicht einmal. Ich würde ihn gern treffen, aber wir sollten nicht auf der Straße darüber reden.«

»Warten Sie.« Käthe Bergmann schließt das Fenster, Minuten später tritt Sie vor die Haustür. »Verzeihen Sie, ich weiß nicht, wie ich Sie einschätzen soll und möchte Sie daher nicht in meine Wohnung lassen.«

»Kein Problem, man kann nie vorsichtig genug sein.« Weynberg senkt seine Stimme. »Ich habe der Polizei bei den Ermittlungen im Fall Melanie Albrecht geholfen und bin reingelegt worden. Ihren Sohn halte ich für unschuldig.«

Käthe Bergmann schaut ihm in die Augen. »Ist das ein Trick von diesem Albrecht?«

Weynberg schüttelt den Kopf. »Nein, ganz bestimmt nicht, aber ich verstehe Ihr Misstrauen.« Er reicht ihr eine Visitenkarte.

»Sie sind ja Künstler, was soll das denn werden?«

Weynberg setzt sein freundlichstes Lächeln auf. »Liebe Frau Bergmann, ich wäre schon zufrieden, wenn

Sie mir den Gefallen täten, Ihrem Sohn meine Karte zu geben.«

Käthe Bergmann ist immer noch nicht überzeugt, steckt die Visitenkarte aber ein. »Kommen Sie bitte nicht mehr vorbei und rufen Sie auch nicht an. Ich spreche mit Kurt. Sollte er an einem Gespräch mit Ihnen interessiert sein, ruft er Sie an.« Sie zieht ihr Handy aus der Tasche und fotografiert Weynberg. »Oder er findet Sie.«

Kurt Bergmann meldet sich bei Weynberg auf dem Smartphone, als er an der Domsheide aus der Straßenbahn steigt. »Sie wollen mit mir reden, weil Sie mich für unschuldig halten? Was könnten Sie schon für mich tun? Das riecht doch förmlich nach einer Falle. Was hätten Sie denn davon, mir zu helfen?«

»Wie ich Ihrer Mutter gesagt habe, habe ich die Polizei bei den Ermittlungen im Fall Melanie unterstützt, bin jedoch, kurz bevor man Sie verdächtigt hat, ausgebootet worden. Albrecht hat mich ausgenutzt.«

Bergmann knurrt. »Und warum haben Sie sich ausnutzen lassen?«

»Er hat mich mehr oder weniger genötigt. Das Thema möchte ich nicht vertiefen, zumal es um private Dinge geht.«

Bergmann stößt einen Seufzer aus. »Was Sie sagen, scheint mir an den Haaren herbeigezogen zu sein. Wo stecken Sie.«

»An der Domsheide.«

»Machen Sie Ihr Handy aus. Wir treffen uns auf der Ostertorstraße zwischen Post und Stadtbibliothek. Gehen Sie dort spazieren, ich spreche Sie an.«

Weynberg fühlt sich unwohl in seiner Rolle. Wieder ist er einem Beobachter ausgeliefert, der für ihn nicht wahrnehmbar, nicht greifbar ist.

»Herr Weynberg?«

Er dreht sich um. »Kurt Bergmann?«

»Soweit ich informiert bin, ja.«

In seiner schwarzen Jeans und dem gleichfarbenen Pullover wirkt Bergmann so unscheinbar, wie ihn die Bedienung im Don Carlos beschrieben hat. Auf seinem Gesicht liegt ein unsicheres Grinsen. Er zeigt auf die Buchtstraße. »Hier entlang.« Bergmann bleibt vor einer Druckerei stehen und blickt in die Richtung, aus der sie gekommen sind. »Sieht nicht so aus, als wäre jemand hinter uns her. Man kann allerdings nicht vorsichtig genug sein.« Er zieht Weynberg in den Kuhgang, einen Weg, der gerade noch begehbar ist, wenn man beide Arme an den Körper anlegt. Am Ende des Ganges schaut Bergmann sich erneut um. »Ich weiß zwar nicht, ob ich Ihnen trauen sollte, aber ich stecke bis zum Hals in einem Sumpf aus Intrigen, aus dem ich alleine nicht herauskomme.«

»Mir garantiert auch niemand, dass ich mich auf Sie verlassen kann. Es ist Ihre Entscheidung, Herr Bergmann, ob Sie mit mir sprechen wollen. Ich habe Melanie übrigens gekannt. Obwohl ich hier den Detektiv spiele, bin ich Künstler und habe sie mehrmals gezeichnet.«

»Ein Bild hat sie mir geschenkt. Ich erinnere mich, es ist mit Jannik Weynberg signiert.« Bergmann gibt Weynberg einen Wink. Auf der Treppe, die zum Wall hinauf führt, zieht er die Kapuze seines Pullovers über den Kopf. »Falls einer der Kollegen aus der Polizeistation guckt, sollte er mich nicht erkennen.« Sie überqueren den Wall und tauchen in die Grünanlagen ein, gehen unter dem Osterdeich hindurch und am Weserufer entlang, das Weserstadion links liegenlassend, in die Pauliner Marsch.

Weynberg sieht sich um. Tauchte jetzt sein Schatten auf, wäre es ein Beweis für Bergmanns Unschuld.

Der Hauptkommissar stoppt in einer Schrebergartenkolonie vor einer Tür, die ein Rosenbogen überspannt. Eine massive Blockhütte bildet den Mittelpunkt des Gartens. Bergmann schließt die Gartentür auf und hinter ihnen wieder ab. In der Hütte, die er ebenfalls aufschließen muss, deutet er auf eine abgenutzte Eckbank, die in einer Küche bessere Tage verbracht haben dürfte. Es riecht nach Reinigungsmitteln. »Nehmen Sie Platz. Ein Bier?«

Weynberg nickt. »Gern.«

Bergmann öffnet zwei Flaschen Becks und stellt sie zusammen mit zwei Gläsern auf das hellblaue Wachstuch, das dem maroden, kippelnden Tisch etwas Glanz verleiht. In der Gartenhütte ist es eng. Weynberg nimmt an, dass Bergmann auf der Eckbank schläft.

»Wir sollten offen miteinander reden, Herr Bergmann. Wie gesagt, weiß auch ich nicht, ob Ihnen zu trauen ist. Ebenso wenig kann ich einschätzen, was ich von Ihrem Kollegen Albrecht halten soll. Wenn es stimmt, was er sagt, haben Sie schlechte Karten.«

Bergmann gießt sich Bier nach. »So, was sagt er denn? Will er mich damit linken, dass ich das Buch über Serienmörder gekauft habe? Das weiß ich bereits.«

»Wieso linken?«

»Ich wollte in die Buchhandlung gehen und habe Albrecht vor dem Geschäft getroffen. Wir haben belanglose Worte gewechselt, dann ist er weitergegangen. Er wird zurückgekommen sein, hat mich an der Kasse mit dem Buch und meiner Kreditkarte in der Hand gesehen und sich selbst mit dem gleichen Buch in die Cafeteria gesetzt.« Bergmann trinkt einen Schluck Bier. »Ich war kurz nach dem Kauf des Buches in Syke, habe Geld aus einem Bankautomaten gezogen und hätte gar keine Zeit gehabt, mich in die Cafeteria zu setzen. Auch vorher gab es dafür keine Gelegenheit, das lässt sich anhand anderer Belege nachweisen. Leider waren die Überwachungskameras in der Bank außer Betrieb. Albrecht kann daher behaupten, meine Mutter hätte mit meiner Karte Geld abgehoben.« Er winkt ab. »In dem Fall müsste sie auch in der Innenstadt gewesen sein und ich hätte ihr meine Karte geben müssen.«

»Albrecht hat noch einen wesentlich stärkeren Trumpf im Ärmel. In Ihrem Haus in Syke haben Ihre Kollegen jede Menge Blutspuren gefunden.«

Bergmann springt abrupt auf und stößt dabei seine Bierflasche um, deren Inhalt auf den Holzboden tropft. »Albrecht ist der größte Fremdgeher, erträgt es aber nicht, wenn sich seine Frau die gleiche Freiheit nimmt. Er ist das Schwein, das Melanie umgebracht hat.«

Bergmann stürzt aus der Hütte und hält die Hände vors Gesicht, um seine Tränen zu verdecken. Weynberg klopft ihm auf die Schulter. »Kommen Sie, da müssen Sie jetzt durch.«

Zögernd kehrt Bergmann zurück und öffnet eine Flasche Bier. »Wollte ich Melanie umbringen, hätte ich das bestimmt nicht im eigenen Haus getan.«

»Na ja, es könnte im Affekt geschehen sein. Beispielsweise, falls Melanie vorgehabt hätte, das Verhältnis zu beenden und alles ihrem Mann zu gestehen. Ihre Kollegen werden fragen, wo Sie zur Tatzeit waren und warum Sie nach Ihrer Rückkehr nichts von dem Mord bemerkt haben wollen.«

Bergmann trinkt einen Schluck Bier. »Ich kenne zwar die Tatzeit nicht, es dürfte aber letzten Freitag passiert sein. An dem Abend war ich mit Melanie bei mir zu Hause verabredet. Da meine Mutter Kreislaufprobleme hatte, musste ich für sie einkaufen und mich um sie kümmern. Das kann unser Hausarzt bezeugen.«

»Damit sind Sie doch aus dem Schneider, Herr Bergmann.«

»Warten wir´s ab. Wer weiß, was sich Albrecht noch einfallen lässt, um mir den Mord anzuhängen? Er ist skrupellos.«

»Haben Sie nach dem Freitagabend versucht, Melanie zu erreichen.«

»Nein, sie hat grundsätzlich bei mir angerufen. Ich habe ihr einen Zettel hingelegt, bevor ich zu meiner Mutter gefahren bin. Der Zettel lag hinterher noch an derselben Stelle.«

Weynberg stellt sich ans Fenster, schaut in den Garten und summt die Arie Nessun Dorma, die er im Stadtwald gehört hat. Bergmann, der ebenfalls Zugang zu den Polizeiakten gehabt und von seiner Vorliebe für Turandot gewusst haben dürfte, reagiert nicht darauf. »Haben Sie am letzten Samstag im Don Carlos gegessen?«.

»Was soll die Frage, ist das verboten?«

Weynberg trommelt mit seinen Fingern einen undefinierbaren Rhythmus auf die Tischplatte. »Ich bin unter anderem im Don Carlos fotografiert worden. Die Bilder hat mir der Unbekannte in den Briefkasten gesteckt. Haben Sie im Don Carlos jemanden gesehen, den sie kennen oder den Sie sich als Verfolger vorstellen können?«

»Nein, mir ist nichts aufgefallen. Ich habe nicht auf die anderen Gäste geachtet.«

»Wissen Sie, ob Michael Albrecht auch eine Geliebte hat oder ob ihm eine Person nahe steht, die ihn bedingungslos unterstützen würde?«

»Albrecht und eine Geliebte. Der hat doch in der Helenenstraße und auf dem Straßenstrich genug Abwechslung. Kostenlos, wenn Sie verstehen, was ich meine.«

Weynberg hebt seine leere Bierflasche hoch. »Haben Sie noch eine für mich? Reden macht durstig.«

Bergmann greift hinter sich, öffnet zwei Flaschen und stellt sie auf den Tisch. »Herr Weynberg, ich möchte, dass Sie für mich arbeiten, ich werde Sie bezahlen. Zuerst sollten Sie Albrecht fragen, ob er ein Alibi für Freitagabend hat. Ich habe an dem Tag früher Feierabend gemacht, weil ich zu meiner Mutter wollte. Da ich mich bei Albrecht abgemeldet habe, wusste er, dass ich nicht nach Hause fahre. Also hätte er bei mir einsteigen und Melanie töten können. Und die Geschichte aus der Buchhandlung stinkt ebenfalls zum Himmel.«

»Auch der Zeitpunkt des Mordes an Denise Schröder, kurz bevor ich sie befragen konnte, ist ein merkwürdiger Zufall.«

Weynberg sieht Sarah in ihren Wagen steigen. Er blickt auf seine Uhr, so spät ist er doch gar nicht dran. Sie verbringen jeden Donnerstagabend gemeinsam. Bernd Maar spielt dann Tennis und genehmigt sich hinterher den einen oder anderen Drink. Sagt er zumindest. Da

Sarah einen Schlüssel zu seiner Wohnung hat, wird sie schon oben gewesen sein. Er beeilt sich. Sarah hat ihn gesehen, steigt aber nicht aus, lässt nur die Scheibe der Fahrertür herunter.

»Tut mir leid, Sarah, ich bin fast pünktlich.«

Sie schaut ihn an. Ihr Blick spiegelt Ablehnung und Verbitterung. »Darum geht's nicht. Ich muss los.«

»Was ist passiert? Habe ich was falsch gemacht?«

»Du hast nichts gemacht, das ist das Schlimme.« Ihre sonst fröhliche Stimme klingt gefährlich leise.

»Bitte, Sarah, egal was ich getan oder nicht getan habe, lass uns oben darüber reden.«

Sarah betrachtet ihre Hände von allen Seiten, als könne sie nicht glauben, noch sämtliche Finger zu besitzen. Endlich steigt sie aus, geht zur Haustür und wartet, bis Weynberg aufschließt. Sie steigen die Treppe zur zweiten Etage hinauf, ohne ein Wort zu wechseln.

Sarah setzt sich aufs Sofa. »Wer ist Anna Herzog?«

»Das ist nicht dein Ernst, Sarah? Anna ist Vergangenheit.«

»Die du krampfhaft versuchst am Leben zu halten. Warum hast du mich damals angesprochen, weil ich ihr ähnlich sehe? Weil du in mir optisch einen perfekten Ersatz gefunden hast, mit dem du dir zumindest im Bett vorgaukeln kannst, Anna sei wieder da?« Sarah Maar geht zum Bücherregal. »Denk nicht, ich schnüffle in deinen Sachen rum. Hier ist ein Buch umgefallen. Ich wollte es zurückstellen, da sind Fotoalben aus dem

Regal gerutscht und haben sich geöffnet. Du treibst ja einen regelrechten Kult um diese Anna.«

Weynberg steht ebenfalls auf. »Ich habe Anna geliebt. Vor drei Jahren ist sie verschwunden und hat weder eine Nachricht noch eine Spur hinterlassen. Ich habe die kleinsten Hinweise verfolgt. Ohne Ergebnis. Deshalb mache ich mir schwere Vorwürfe.«

»Du kannst nicht loslassen und suchst weiter nach Anna – und ich mache mir unnütz Hoffnungen auf ein Leben mit dir?«

»Ich würde erneut nach ihr suchen, wenn sich ein Ansatzpunkt ergäbe. Falls du verschwinden solltest, würde ich auch nach dir suchen.«

»Ich bin also die ideale Geliebte, bequem bei Bernd zu entsorgen, sollte Anna wieder auftauchen?«

Weynberg legt seine Hände auf Sarahs Schultern. Sie lässt es geschehen. »Sarah, ich liebe dich. Fordere einen Beweis, egal was. Ich würde mich, falls Anna zurückkäme, für dich entscheiden.«

Das Telefon klingelt. »Scheiße, muss das Ding jetzt nerven?«

»Geh schon ran. Ich gieße uns einen Rotwein ein. Vielleicht bringt er mir meine Illusionen zurück.«

Er meldet sich.

»Na, Weynberg, störe ich beim Sex mit Sarah Maar?«

Weynberg ärgert sich, weil die Freisprechfunktion eingeschaltet ist. Sarah steht neben ihm und hört mit. »Was wollen Sie, Albrecht? Machen Sie´s kurz.«

»Ich will nur wissen, welche Märchen Bergmann Ihnen aufgetischt hat.«

»Wie kommen Sie darauf, ich könnte mit Bergmann gesprochen haben?«

»Wollen Sie mich verarschen? Man hat mir zugetragen, Sie hätten mit Bergmanns Mutter geredet. Falls sie einen Mörder decken oder ihm Unterschlupf gewähren, machen Sie sich strafbar.«

Sarah reicht Weynberg ein Glas Rotwein. Er trinkt einen Schluck. »Hören Sie, Albrecht. Bergmann habe ich nicht getroffen, seine Mutter wollte mir nicht sagen, wo er steckt. Sie hat mir aber Einiges erzählt. Zum Beispiel von Bergmanns Alibis für die Tatzeit und für die Zeit, zu der er in der Cafeteria der Buchhandlung gesessen haben soll. Ich frage mich, ob Sie ebenfalls ein Alibi für die Tatzeit haben?«

»Da können Sie Gift drauf nehmen. Einzelheiten werde ich Ihnen nicht auf die Nase binden. Sie hören von mir, Weynberg. Viel Spaß beim Vögeln.«

Weynberg eilt auf den Balkon. Es ist schon fast dunkel. Kein Albrecht, kein verdächtiges Auto.

»Steht er unten?«, fragt Sarah.

Weynberg zuckt mit den Schultern. »Er ist nicht zu sehen, das muss allerdings nichts heißen.«

»Was ist er doch für ein Arschloch.« Sie fasst Weynberg am Arm. »Ich habe Angst, ich möchte nicht alleine nach Hause fahren.«

»Das wäre auch riskant. Wie gesagt, verfolgt mich jemand, der mir Fotos in den Briefkasten steckt. Heute ist es wieder passiert, du bist ebenfalls auf den Bildern verewigt. Ich glaube nicht, dass du in Gefahr bist, er ist hinter mir her.« Weynberg schaut ihr in die Augen. »Trotzdem ist Vorsicht geboten. Ich begleite dich bis zu deiner Haustür und fahre mit der Straßenbahn zurück.«

»Das ist nett. Und...« Sie weicht seinem Blick aus.

»Was und?«

»Wir sollten uns eine Weile nicht sehen. Durch deine Geheimnistuerei mit dieser Anna hast du mich verletzt. Wir haben uns geschworen, offen miteinander umzugehen. Das hast du nicht getan. Ich könnte von dir verlangen, die Fotoalben zu vernichten. Vielleicht würdest du es tun und es später bereuen. Dass Michael von unserer Beziehung weiß, hättest du mir auch eher sagen müssen. Wenn Bernd mich darauf angesprochen hätte, wäre ich unvorbereitet gewesen. Noch lebe ich mit ihm zusammen und brauche keinen zusätzlichen Stress.«

»Sarah bitte, ich habe dir sofort davon berichtet, als ich dich wieder gesehen habe. Ich soll dich doch nicht zu Hause anrufen, weil Bernd neben dir stehen könnte.«

»Gib mir Zeit, ich möchte mit Abstand über unsere Zukunft nachdenken.« Sie zwingt sich zu einem Lächeln. »Dein Dackelblick hilft dir heute auch nicht. Komm, lass uns fahren.«

## SIEBEN

Weynberg kann nicht schlafen. Der Stress mit Sarah hat eine Unruhe in ihm hervorgerufen, wie er sie zuletzt nach Annas Verschwinden gespürt hat. Er quält sich aus dem Bett und legt Puccinis Turandot in den CD-Player. Wie oft hat er diese Oper zusammen mit Anna gehört? Sie hat in seinen Armen gelegen. Ohne ein Wort zu wechseln, haben sie sich der Musik hingegeben. Heute gelingt es ihm nicht einmal ansatzweise, die Oper zu genießen.

Er öffnet die Schubladen des Sideboards. Neben dem Leporelloalbum fallen auf den ersten Blick Pullover, Blusen und Dessous, ein Notizbuch, Kosmetikartikel, Haarbürsten, eine goldene Kette mit Anhänger und Annas Personalausweis ins Auge. In einem seiner Kleiderschränke hängt noch der Großteil ihrer Klamotten, darunter liegen ihre Schuhe, akkurat in Kartons übereinandergestapelt. Er lässt den Stoff einer Bluse durch seine Finger gleiten. Warum hebt er all diese Sachen auf? Kommt er nie von Anna los? Ist es das schlechte Gewissen, das sein Unterbewusstsein auslöst, ohne dabei Stellung zur Frage seiner Schuld zu beziehen? Sieht er in Sarah doch nur einen Ersatz für Anna, eine Kopie, an der er sein Verbrechen gutmachen kann? Er schüttelt den Kopf. So ist es nicht, er liebt Sarah, wie er Anna geliebt hat. Ohne Wenn und Aber. Er mag auch nicht glauben, Anna was angetan zu haben. Am einfachsten wäre es, ihre Sachen wegzuwerfen. Doch was geschähe, falls sie unerwartet vor der Tür stände? Statt zu grübeln, sollte er die Quittungen suchen. Ihm fehlt die Kraft dazu, ebenso der Glaube, etwas finden zu können.

Deprimiert legt er sich im Wohnzimmer aufs Sofa und lauscht der Musik, die vergebens versucht, ihn zu erreichen.

Weynberg schreckt hoch. Nicht wissend, was ihn geweckt hat, tastet er seine Umgebung ab. Ein Geräusch? Jetzt hört er es wieder, das Summen der Gegensprechanlage neben der Wohnungstür. Er steigt aus dem Bett, stolpert vor Müdigkeit über seine Beine, drückt den Antwortknopf. »Wer ist da?«

»Polizei, bitte machen Sie auf.«

Weynberg entriegelt die Haustür, zieht sich Unterwäsche und eine Jeans an. Sein T-Shirt hängt ihm noch über dem Kopf, da klopft es schon an der Tür. Durch den Spion sieht er zwei Uniformierte und öffnet.

»Guten Morgen, Herr Weynberg. Wir kommen, um Sie zu einer Vernehmung abzuholen.«

»Wieso? Um was geht's denn?«

»Das wissen wir nicht. Kriminalhauptkommissar Albrecht schickt uns.«

Weynberg nimmt sich vor, sich nicht einschüchtern zu lassen. Er wird zu seiner Aussage stehen, weder mit

Kurt Bergmann gesprochen zu haben noch seinen Aufenthaltsort zu kennen. Außerdem wird er Albrecht provozieren, indem er ihn erneut nach seinem Alibi für den Mordabend fragt.

Die Polizisten bringen Weynberg in ein fensterloses Vernehmungszimmer. Ein warmer Raum, in dem es nach kaltem Rauch stinkt. An der Decke flackert eine der Neonröhren, als wolle sie die Ausdauer seiner Nerven testen. Albrecht lässt ihn warten. Als Weynberg nicht mehr sitzen kann, steht er auf, wandert umher und lehnt sich schließlich mit dem Rücken an eine Wand. Da er es in der morgendlichen Hektik versäumt hat, eine Uhr umzulegen, weiß er nicht, wie spät es ist und wie lange die Polizei ihn schon festhält. Er stellt sich vor, wie Albrecht hinter dem Einwegspiegel sitzt und ihn beobachtet.

Die Tür geht auf. »Schönen guten Morgen, Herr Weynberg.« Albrecht setzt sich und deutet auf den freien Stuhl. »Nehmen Sie doch Platz. Wie halten Sie das in dieser Luft bloß aus? Wir sollten unser Gespräch schnell hinter uns bringen.«

»Falls Sie denken, ich werde Ihnen heute was anderes sagen als gestern am Telefon, täuschen Sie sich.«

Albrecht sieht Weynberg triumphierend an. »Darüber reden wir in Ruhe, wenn Sie in Untersuchungshaft sitzen. Vorerst kümmern wir uns im Ihr neues Problem. Sie sind angezeigt worden. Eine Angelika Meyer wirft

Ihnen vor, sie gestern gegen zwanzig Uhr vergewaltigt zu haben.«

Weynberg steht auf. »Was wird das denn jetzt?«

»Setzen Sie sich bitte, Herr Weynberg. Ich will versuchen, Ihrem Gedächtnis auf die Sprünge zu helfen. Sie kennen die Dame unter ihrem Künstlernamen Angélique. Sie arbeitet als Prostituierte auf dem Straßenstrich am Holzhafen. Bezahlt haben Sie die erzwungene Dienstleistung angeblich auch nicht.«

»Sie spinnen doch, Albrecht. Ich habe es nicht nötig in den Puff zu gehen.«

»Erfüllt Sarah Ihre geheimsten Wünsche?«

»Da Sie gestern Abend angerufen haben, sollte Ihnen klar sein, dass ich zu Hause war.«

»Ich weiß nicht, ob Frau Maar es amüsant fände, wenn ich bei ihr aufkreuzen und sie im Beisein ihres Mannes bitten würde, Ihr Alibi zu bestätigen.«

»Worauf wollen Sie hinaus?«

»Hören Sie auf, die Ermittlungen der Mordkommission zu stören. Das sind Profis, die wissen, was sie tun. Nach dem Stand der Dinge deutet alles auf Bergmann als Täter hin. Also lassen Sie meine Kollegen ihre Arbeit tun.« Albrecht zwinkert Weynberg zu. »Als Gegenleistung regele ich Ihren Fehltritt mit Angélique intern und verrate Bernd nicht, dass Sie Sarah vögeln.«

Weynberg wacht erst gegen fünf am Nachmittag auf. Nach der Vernehmung hat er über das Gespräch mit

Albrecht nachgedacht. Will der Hauptkommissar ihn aus den weiteren Ermittlungen heraushalten, weil er der Mörder seiner Frau ist, oder hat er was anderes zu verbergen? Mit dieser Ungewissheit hat sich Weynberg ins Bett gelegt und ist sofort eingeschlafen.

Er reibt seine Augen. Wäre es nicht besser, aus dem Fall auszusteigen, jetzt, wo Albrecht damit gedroht hat, Bernd Maar über sein Verhältnis mit Sarah aufzuklären und sie dadurch zu kompromittieren? Andererseits möchte sie sich sowieso von ihrem Mann trennen. Weynberg muss sich eingestehen, dass sein Ego verletzt ist. Also weitermachen, aber wo soll er ansetzen? Wie könnte er beispielsweise herausfinden, ob Albrecht für die Tatzeit ein Alibi hat, etwa einen Termin, der sich jeden Freitagabend wiederholt? Kegeln, Fußball, Stammtisch? Einen Termin, den seine Frau regelmäßig genutzt hat, um Kurt Bergmann zu treffen? Auch wenn der Strohhalm, an den sich Weynberg klammert, dünn ist, beschließt er, vor Albrechts Haus Stellung zu beziehen.

Bevor er die Wohnung verlässt, fährt Weynberg seinen PC hoch, der mit einem Pling die Ankunft einer E-Mail meldet. Er traut seinen Augen nicht. Absender ist Anna Herzog.

Lieber Jannik,

es tut mir leid, damals ohne ein Wort des Abschieds gegangen zu sein und Dich im Ungewissen zurückgelassen zu haben.

Über meine Gründe kann ich auch heute noch nicht sprechen, sie haben nichts mit Dir oder Deinem Verhalten zu tun. Sie sind allerdings derart gravierend, dass ich nicht anders handeln konnte. Mein schlechtes Gewissen quält mich nach wie vor. Sonst geht es mir gut und ich liebe Dich noch immer. Ich bin ein paar Tage in Bremen. Wir sollten uns aber nicht sehen, das würde nur alte Wunden aufreißen.

In Liebe, Deine Anna

Weynbergs Herz klopft in einem Takt, den ihm seine Aufregung, seine Zweifel, seine Bitterkeit und seine Sehnsüchte vorgeben. Er braucht eine Viertelstunde, um seine Gedanken zu sortieren. Die E-Mail-Adresse verweist auf ein Internetcafé. Weynberg googelt den Absender. Es handelt sich um einen Laden ›Am Schwarzen Meer‹ am Rande des Steintorviertels. Die Mail ist um vierzehn Uhr achtundzwanzig abgeschickt worden, jetzt ist es kurz vor halb sechs.

Er geht zum Fenster. Durch die Baumreihe, die sich auf der anderen Straßenseite dem Himmel entgegenstreckt, schickt ihm das Wasser der Kleinen Weser Lichtreflexe herüber, als wolle es ihn von seinen Sorgen ablenken. Erneut steht er vor der Frage, was er tun soll. Hörte er auf seinen Bauch, ginge er sofort ins Internetcafé. Sein Verstand rät ihm dagegen, Albrecht zu observieren, zumal Anna nicht mehr im Internetcafé sein dürfte. Sonst müsste er eine Woche warten, um Albrecht an einem Freitagabend beobachten zu können.

*Weynberg kommt aus dem Haus. Folge ihm. Du kannst dir gratulieren, dein Auto zehn Meter hinter seinem Wagen geparkt zu haben. Konzentriere dich darauf, ihn nicht zu verlieren. Bald wirst du sehen, wohin er fährt.*

Weynberg parkt fünfzig Meter von Albrechts Reihenhaus entfernt und wartet auf den Hauptkommissar. Er nutzt die Zeit, um über Annas Mail nachzudenken. Obwohl er drei Jahre auf eine Nachricht von ihr gewartet hat, kann er sich nicht darüber freuen. Er ist innerlich zu aufgewühlt. Stammt die Botschaft von ihr oder ist es eine Retourkutsche von Sarah? Der Inhalt der Mail ist trivial. Jeder, der von Annas Verschwinden weiß, hätte sie schreiben können. Aber wer käme dafür infrage? Er lässt niemanden zu nah an sich heran. Fast niemanden. Er hat Markus Heidorn davon erzählt und zuletzt Sarah. Albrecht weiß ebenfalls Bescheid, Bergmann möglicherweise auch. Weynberg zieht das Foto von Anna, das er vor dem Verlassen der Wohnung eingesteckt hat, aus seiner Jackentasche. Sieht sie noch so aus? Macht es Sinn, das Bild im Internetcafé zu zeigen?

Er erblickt Albrecht, der aus dem Reihenhaus tritt, und steckt das Foto weg. Der Hauptkommissar geht in Weynbergs Richtung, der sich auf dem Fahrersitz klein macht. Unnötigerweise, denn Albrecht schaut starr auf den Bürgersteig. Weynberg flucht, weil er ihm zu Fuß folgen muss. Falls Albrecht in die Straßenbahn steigt, dürfte es nahezu unmöglich sein, nicht aufzufallen. Aber auch in der Bahn sieht sich Albrecht nicht um. Nicht einmal, als er am Buntentorsteinweg aussteigt. Andernfalls hätten sie sich direkt gegenübergestanden. Treibt Albrecht erneut ein Spielchen mit ihm?

Der Hauptkommissar betritt eine Gaststätte, die mit einer grellen Leuchtreklame für ihre Kegelbahn wirbt. Weynberg wartet fünf Minuten, bevor er vorsichtig in das überfüllte Lokal blickt. Albrecht hockt am Stammtisch und wendet ihm den Rücken zu. Weynberg geht sofort wieder. Wenn er Glück hat und Albrecht sich früh verabschiedet, will er versuchen, den anderen Stammtischgästen eine Aussage über den vergangenen Freitag zu entlocken. Nahezu drei Stunden wandert er hin und her, bis Albrecht herauskommt. Weynberg lauert hinter einer Hausecke und beobachtet den Hauptkommissar, der an der Straßenbahnhaltestelle Richtung Arsten auf der Bank sitzt.

Weynberg lässt sich Zeit, bis die Straßenbahn außer Sichtweite ist. Im Lokal schlägt ihm abgestandene Luft entgegen, die den Geruch von Bier und Fritteuse verströmt. Die Plätze am Stammtisch sind nur noch spärlich besetzt. »Guten Abend, ich suche Michael Albrecht. Ist der nicht da?«

»Dem wären Sie fast in die Arme gelaufen«, antwortet ein korpulenter Mittvierziger, der einen akkurat geschnittenen Vollbart und eine rahmenlose Brille trägt.

Weynberg spielt den Enttäuschten. »So ein Pech aber auch. Ich habe ihn bereits vergangenen Freitag verpasst. Da war ich um Punkt acht hier. Habe deshalb gedacht, ich komme diesmal später.«

»Das ist unmöglich. Vor einer Woche war Michael schon vor acht hier. Das weiß ich genau, da wir beiden die ersten Stammtischgäste waren und ich sonst meist in letzter Minute erscheine.«

Weynberg zuckt die Achseln. »Dann ist er wohl noch mal kurz weggegangen.«

»Höchstens aufs Klo. Wir sind erst gegen Mitternacht zusammen raus.«

Wenn der Mann die Wahrheit sagt, ist Albrecht aus dem Schneider, denkt Weynberg, zurück an der frischen Nachtluft. Warum sollte er lügen? Weil er seine Antwort mit Albrecht abgestimmt hat? Weil Albrecht gewusst oder geahnt hat, dass er, Weynberg, ihn observieren würde und er sich durch eine abgesprochene Falschaussage ein Alibi verschaffen könnte? Ginge der Mittvierziger so weit, Albrecht in einem Mordfall zu decken? Weynberg ist, wie er sich eingestehen muss, nicht viel weitergekommen.

Er schiebt die Gedanken zum Fall Melanie Albrecht beiseite. Jetzt ist Annas Mail wichtiger. Seine Uhr steht auf kurz vor elf. Hat das Internetcafé um diese Zeit noch geöffnet? Es ist Eile geboten. Seinen Wagen kann er auch morgen aus Arsten holen. Weynberg steigt in die Straßenbahn Richtung Innenstadt.

Was erwartet ihn im Internetcafé ›Am Schwarzen Meer‹? Wird sich jemand an Anna erinnern? Wenn ja, was hätte er davon? Bestenfalls die Erkenntnis, dass Anna noch lebt und seit drei Jahren keinen Wert auf seine Nähe legt. Die Gründe für diese Entscheidung würden im Dunkeln bleiben. Immerhin wäre er sicher, Anna nichts angetan zu haben. Mit einem wehmütigen Blick starrt er aus dem Fenster, nimmt aber nur die Bilder wahr, die vor seinem inneren Auge ablaufen. Bilder aus gemeinsamen glücklichen Tagen, die er nicht zurückholen kann, die drohen, zu verblassen. Es ist vorbei. Er muss lernen, dies zu akzeptieren, möchte jedoch wissen warum.

An der St.-Jürgen-Straße steigt er aus. Das in kaltes Licht getauchte Internetcafé hat bis Mitternacht geöffnet. Über die Person, die ihm um vierzehn Uhr achtundzwanzig die Mail geschickt hat, kann niemand was sagen, weil das Personal gewechselt hat. Ein dürrer Mann mit einem pickeligen Gesicht rät Weynberg, morgen Nachmittag um zwei wiederzukommen. Weynberg ist niedergeschlagen. Er wird Anna nicht finden. Wenn sie ihn nicht sehen will, hat er keine Chance.

Obwohl es nieselt, verspürt er keine Lust, sich wieder in die Straßenbahn zu setzen und in die frustrierten Gesichter derjenigen zu blicken, die in dieser Nacht vergeblich nach etwas Glück gesucht haben. Ähnlich wie er, der gehofft hat, Licht in das Dunkel um Annas Verschwinden bringen zu können. Im Viertel sind Leute vieler Nationalitäten unterwegs. Das Spektrum reicht von modisch gekleideten Menschen bis zu Pennern, die in Geschäftseingängen ihre Nachtlager bereiten. In sich gekehrte Typen laufen ihm ebenso über den Weg, wie grölende Betrunkene. Einem halb verhungert aussehenden Mann, der behauptet, sein Bewährungshelfer gäbe ihm erst morgen Geld, drückt er zwei Euro in die Hand.

Im Engel Weincafé herrscht noch Betrieb. Weynberg setzt sich an ein Fenster der Weinbar und bestellt ein Viertel Montepulciano. Das Paar, das auf der anderen Straßenseite naht, erkennt er von Weitem. Sarah, die ein langes schwarzes Abendkleid und darüber einen leichten hellen Mantel trägt, hakt sich bei ihrem Mann unter, der zu seinem schwarzen Anzug ein weißes Hemd und eine rote Fliege gewählt hat. Sie wechseln die Straßenseite und steuern ebenfalls das Engel an. Sarah sieht ihn hinter dem Fenster sitzen, redet auf Bernd Maar ein und deutet auf das gegenüberliegende Don Carlos. Weynberg nimmt an, dass die beiden eine überlange Oper besucht haben. Bernd Maar mag keine Opern. Geschieht ihm recht. Zum ersten Mal an diesem Abend muss Weynberg lächeln. Dann beschleicht ihn wieder der Frust wegen Albrechts Alibi, Wehmut wegen Anna und nun auch wegen Sarah. Bisher hat er sich als Eindringling in das Leben der Maars gesehen, jetzt ist Bernd für ihn der Eindringling. Er denkt daran, nach draußen zu laufen und Sarah von ihrem Mann fortzuzerren.

»Darf es für Sie noch was sein?«

»Wie bitte?« Verwirrt starrt Weynberg die Bedienung an, die an seinen Tisch getreten ist. »Bringen Sie mir bitte noch einen Montepulciano.«

Er sollte nichts mehr trinken. Doch heute Abend gelingt es ihm nicht einmal, diesen einfachen Vorsatz einzuhalten. Wieder blickt er aus dem Fenster. Sarah ist nicht mehr zu sehen. In seinem Kopf entsteht eine Leere, die sich nach und nach mit traurigen Gedanken füllt.

## ACHT

Ist das immer noch nicht vorbei? Aus Weynbergs Briefkasten lugt wieder ein brauner Umschlag hervor. Mit dem Versprechen, Nachschub für sein Fotoalbum zu liefern. Er klemmt sich die Brötchentüte unter den linken Arm und reißt den Umschlag auf. Die Fotos zeigen, wie er Michael Albrecht in Arsten verfolgt, wie er in der Straßenbahn sitzt, vor dem Lokal am Buntentorsteinweg steht und in das Internetcafé geht. Weynberg stopft die Bilder in das Kuvert zurück. Er versucht, sich an die Personen zu erinnern, die mit ihm in der Straßenbahn gesessen haben. Vergebens, er hat nur auf Albrecht geachtet.

»Na endlich.« Michael Albrecht hockt auf der letzten Treppenstufe vor Weynbergs Wohnung. Eine Bierfahne weht ihm voraus. Albrecht hebt eine Hand zum Gruß. Sie hält einen Umschlag, der dem entspricht, den Weynberg aus seinem Briefkasten gezogen hat.

»Was wollen Sie hier, Albrecht? Sind Sie betrunken?«

Albrecht antwortet mit sicherer Stimme. »Samstagmorgens dürfte sogar einem Hauptkommissar ein Frühschoppen erlaubt sein, vor allem nach einer guten Nachricht.«

Weynberg denkt nicht daran, Albrecht hinein zu bitten. »Und die wäre?«

Albrecht zieht ein Foto aus dem Umschlag. Es zeigt Weynberg vor dem Lokal am Buntentorsteinweg. »Ich habe aufgrund dieses Schnappschusses ein bisschen unter den Gästen des gestrigen Abends rumtelefoniert und von Ihrer geschickten Befragung erfahren. Jetzt wissen Sie, dass ich ein Alibi habe.«

»Woher haben Sie das Bild?«

»Mensch Weynberg, waren Sie in der Schule auch so begriffsstutzig?« Albrecht holt weitere Fotos aus dem Kuvert. Die Aufnahme, auf der Weynberg Albrecht in Arsten verfolgt ist ebenfalls dabei. Die anderen Motive, Albrecht an verschiedenen Orten in Bremen, sind Weynberg unbekannt.

Albrecht steht auf. »Wollen Sie mich nicht hineinbitten?«

Weynberg zögert. »Ich traue in diesem Fall niemand mehr. Ihr Alibi könnte abgesprochen sein. Warum sind Sie gekommen? Wohl nicht, um mir Fotos zu zeigen? Oder haben Sie vor, sich mit mir zu verbrüdern, nachdem Sie sich gestern Morgen von Ihrer fiesen Seite gezeigt haben?«

Die Tür der Nachbarwohnung wird geöffnet. Eine junge blonde Frau im Morgenmantel. »Könnten Sie etwas leiser sein, mein Mann hatte Nachtschicht? Sonst rufe ich die Polizei.«

Weynberg kennt die Frau nicht, hat aber gehört, dass in die Wohnung neue Mieter eingezogen sind. Er reicht ihr die Hand. »Ich bin Ihr Nachbar, Jannik Weynberg.

Der freundliche Herr mit der Glatze ist Hauptkommissar Albrecht. Ein Bekannter von mir. Sie brauchen die Polizei also nicht rufen. Bitte entschuldigen Sie die Störung. Wir gehen in die Wohnung.«

Im Flur zeigt Albrecht ein breites Grinsen. »Sie meinen, die Frau erinnert sich an meinen Namen, meinen Dienstgrad und meine Glatze, falls man hier Ihre Leiche findet?« Er geht in die Küche. »Haben Sie mir ein Brötchen mitgebracht?«

Weynberg schnauft. »Nur wenn Sie mir vorher sagen, warum Sie gekommen sind.«

»Ich möchte Sie noch mal als Detektiv engagieren.« Er zieht einen Umschlag aus seiner Jackentasche und reicht ihn Weynberg. »Ihr Honorar, das Sie mir berechnet haben. Ich geb's Ihnen bar, damit sich die Zahlung nicht nachvollziehen lässt und Sie nicht auf den Gedanken kommen, meine Kollegen über ihren Bespitzelungsauftrag zu informieren.«

»Schade, das hatte ich schon erwogen, nachdem Sie mich vor die Tür gesetzt hatten. Eine weitere Zusammenarbeit können Sie sich abschminken. Ich vertrete jetzt die Interessen von Kurt Bergmann. Seine Mutter hat mich beauftragt.«

»Bergmann ist unschuldig. Wissen Sie das nicht?«

»Ach, wie sind Sie denn darauf gekommen?«

»Nicht ich, sondern die Kollegen aus der Mordkommission. Ich mag es auch kaum glauben, zumal Bergmann nach den Indizien der Täter ist. Für ihn spricht ausschließlich das Alibi, das ihm der Arzt seiner Mutter gibt. Wer weiß, welche Seilschaften zwischen Bergmann und dem Arzt existieren. Die Kollegen haben allerdings keine Verbindungen, beispielsweise Vereinsmeierei, oder Abhängigkeiten gefunden. Bergmann, das Schwein, hat meine Frau gevögelt. Die Spusi hat ihre Fingerabdrücke im ganzen Haus gesichert. Aber Fremdgehen ist kein Mord. Bleibt der Arzt bei seiner Aussage, ist Bergmann fein raus.«

Weynberg setzt Kaffee auf. »Sie meinen, ich werde Ihnen Beweise für Bergmanns Schuld liefern?«

»Schön wär´s, aber ich habe einen anderen Auftrag für Sie. Es geht um einen Stalker, der ebenfalls als Täter infrage kommt. Er hat Melanie über ein Jahr aufgelauert und durch Anrufe und Mails terrorisiert. Daher wäre es nicht verwunderlich, wenn er sie zu Bergmanns Haus verfolgt und sie dort umgebracht hätte.« Albrecht greift in seine Jacke, holt ein DIN A4-Blatt hervor und entfaltet es auf dem Küchentisch. »Das ist die Kopie einer Anzeige, die Melanie gegen den Mann aufgegeben hat. Ein im Hinblick auf Stalking geschulter Kollege hat den Typen aufgesucht und ihm im Rahmen einer Gefährderansprache, wie wir es nennen, die strafrechtlichen Aspekte seines Handelns aufgezeigt.« Albrecht zieht ein weiteres Papier aus seiner Jackentasche. »Das sind die Kontaktdaten des Stalkers. Er heißt Max Wiegand. Der Kerl hat sich gegenüber dem Beamten einsichtig gezeigt.« Er sieht Weynberg an. »Was bedeutet das schon? Vielleicht hat er zum Messer gegriffen, nachdem ihm klar geworden war, dass er Melanie nicht für sich gewinnen kann.«

Die Kaffeemaschine signalisiert durch Blubbern, ihren Auftrag erfüllt zu haben. Weynberg stellt Tassen, Milch und Zucker auf den Tisch und schenkt ein. »Weshalb kommen Sie wieder zu mir? Ich habe doch zuletzt gegen Sie gearbeitet.«

»Genau das hat mir gefallen. Sie verbeißen sich in einen Fall und wollen ihn aufklären. Weil Sie erkannt haben, dass Sie sich nur durch Erfolge beruflich verbessern können. Solch einen Mann brauche ich. Außerdem sind Sie im Thema.«

»Warum ermittelt die Polizei nicht gegen den Stalker?«

»Gegen ihn liegt zurzeit nichts vor. Er ist Melanie in letzter Zeit ferngeblieben.« Albrecht bläst in seine Tasse, um den Kaffee abzukühlen. »Es ist nur ein Verdacht von mir. Es wäre jedoch fahrlässig, nicht jeder Spur nachzugehen. Kann ich auf Sie zählen?«

»Ich rufe Sie an. Zuerst möchte ich mit Bergmann sprechen.«

Weynberg kann vor Nervosität nicht mehr sitzen. Zwei Stationen vor der St.-Jürgen-Straße steht er auf und klammert sich mit der rechten Hand derart fest an eine Haltestange, dass die Knöchel weiß hervortreten. Er schwitzt, obwohl in der Straßenbahn normale Temperaturen herrschen. Beim Aussteigen stolpert er und wäre fast gefallen. Kurz stehenbleiben und durchatmen. Warum respektiert er nicht Annas Wunsch, von ihm in Ruhe gelassen zu werden? Wer gibt ihm das Recht, sich in ihr neues Leben zu drängen? Könnte er seine Zeit nicht sinnvoller nutzen, indem er versucht, Sarah zu erreichen und sich mit ihr auszusöhnen?

Hin und her gerissen von seinen Gefühlen öffnet er die Tür des Internetcafés. Die Mitarbeiter sind andere als am Abend zuvor. Er geht auf einen spindeldürren jungen Mann zu, der die Schublade unter einer Espressomaschine leert. Jetzt noch ausfegen, denkt Weynberg angesichts des grünen Irokesenkamms, der den Jüngling ziert. »Guten Tag. Ich suche jemand, der gestern um vierzehn Uhr Dienst hatte.«

Der Pseudoindianer wendet sich Weynberg zu. »Haben Sie eine Beschwerde?«

»Nein, nur eine Frage.« Er zieht das Foto von Anna aus der Jackentasche. »Ich habe eine Mail erhalten, die hier abgeschickt worden ist. Können Sie sich an diese Frau erinnern? Die Mail stammt angeblich von ihr.«

Der Irokese wirft einen kurzen Blick auf das Bild. »Ja, die war hier.«

Weynbergs Knie werden weich. »Sind Sie sicher, oder kann es auch eine andere Frau mit langen rötlichblonden Haaren gewesen sein?«

»Ganz sicher. Sie hatte, wie soll ich sagen, das gewisse Etwas. Na ja, eine besondere Ausstrahlung eben.«

Weynberg holt das Foto von Sarah hervor. »Die ist es nicht gewesen?«

»Sage ich doch, die war hier.«

»Hätte es den Egoismus nicht gegeben, hätte Albrecht ihn erfunden.« Kurt Bergmann tigert in der Enge seiner Hütte umher. »Albrecht nimmt sich alle Freiheiten, auch die, die Freiheit anderer zu beschneiden. Er ist dahinter gekommen, dass Melanie ihm seine Vergehen nicht durchgehen lässt, indem sie ebenfalls fremdgeht. Deshalb hat er sie umgebracht, denn bei einer Scheidung hätte er mit ihr teilen müssen. Für ihn undenkbar.«

Bergmanns Schritte in seinem Rücken machen Weynberg nervös. »Albrecht hat ein Alibi, genau wie Sie. Warum sollte er mich erneut beauftragen, den Mörder zu finden, wenn er der Täter ist?«

»Er möchte von sich ablenken.«

»Das wäre doch viel zu riskant. Ich könnte was entdecken, das ihn belasten würde. Abgesehen davon hat er mich von Anfang an in den Fall einbezogen.«

Bergmann setzt sich Weynberg gegenüber an den Tisch. »Albrecht hat verloren. Das weiß er, will es aber nicht wahrhaben. Er ist schon auf der Flucht und greift nach jedem Strohhalm, der sich ihm bietet. Zu Beginn war es vielleicht ein Spiel.«

»Ermittelt die Mordkommission nicht gegen Albrecht?«

»Er ist vernommen worden. Aber wie Sie gesagt haben, kann auch er ein Alibi vorweisen.«

Weynberg steht auf und öffnet die Tür, um frische Luft hereinzulassen. Wieder summt er die Arie Nessun Dorma, ohne dass Bergmann sich was anmerken lässt. »Falls Albrecht der Täter ist, arbeitet er mit meinem Schatten zusammen. Falls nicht, könnten auch Sie mein Schatten sein, Herr Bergmann.«

Bergmann schlägt mit der Faust auf den Tisch. »So macht das keinen Sinn. Wieso halten Sie mich für den Täter?«

»Das tue ich doch nicht. Ich zeige nur Möglichkeiten auf, um zu verdeutlichen, wie unsicher die Ermittlungsergebnisse sind. Nehmen wir mal an, Sie wollen Albrechts Schritte verfolgen, um einen Ansatz für seine Schuld zu finden, weshalb sollten Sie nicht auch mich, seinen Schnüffler, beschatten?«

Bergmann winkt ab. »Was für ein Unsinn. Und Sie arbeiten wieder für Albrecht.«

»Das sehe ich positiv, selbst auf die Gefahr hin, dass er der Täter sein könnte. Vielleicht komme ich auf diese Weise an Informationen.« Weynberg trinkt einen Schluck Mineralwasser. »Am Montag werde ich mit einem Stalker reden, der laut Albrecht seiner Frau nachgestellt hat. Ich stecke zu tief drin, um aufhören zu können. Zumal es frustrierend wäre, hätte Albrecht mich an der Nase herumgeführt.« Er zögert kurz, fasst sich an den Kopf. »Albrecht hat mich verarscht. Warum habe ich den Gedanken nicht weiterverfolgt, der mir schon angesichts des Fotos gekommen ist, das ihn und mich an der Kleinen Weser zeigt? Nachdem Albrecht zum ersten Mal bei mir zu Hause aufgekreuzt ist, sind wir dort spazieren gegangen und dabei vom anderen Ufer aus beobachtet worden. Die Person, die da gestanden hat, muss bestellt gewesen sein. Da bloß Albrecht gewusst hat, wohin er gehen wollte, kommt nur er als Auftraggeber infrage. Das bedeutet, er hat das Ganze inszeniert, um vom Mord an seiner Frau abzulenken.« Weynberg kratzt sich am Kinn. »Ich habe noch einen Fehler gemacht. An dem Morgen, an dem ich Albrecht informiert habe, dass jemand das Buch ›Das Serienmörder-Prinzip‹ gekauft hat, ist bereits ein Bericht darüber in der Tageszeitung erschienen. Ich habe mich zwar gewundert, bin aber auch diesem Gedanken nicht konsequent nachgegangen. Also hat Albrecht oder ein Helfer in der Cafeteria gesessen und André Kleine das Handy geklaut. Was bin ich für ein schlechter Detektiv.«

Bergmann klopft Weynberg auf die Schulter. »Schuster bleib bei deinen Leisten. In Sprichwörtern steckt viel Wahrheit. Was soll´s? Albrecht muss auch meine Kollegen an der Nase herumgeführt haben. Wahrscheinlich hat er nicht gesagt, dass die Information von Ihnen stammt und Sie ihn erst am Tag der Veröffentlichung davon berichtet haben. Ich rufe die Kollegen nachher an, dann hat der Spuk ein Ende.«

Weynberg parkt seinen Wagen vor der Fischerhuder Galerie, die ihm eine Ausstellung widmet. Eine Chance, auf die er lange hat warten müssen. In fünfzig Minuten beginnt die Vernissage. Er wirft einen Blick auf die Wände, um zu sehen, ob die Radierungen optimal gehängt sind. Nach und nach füllen sich die beiden Ausstellungsräume. Nur mühsam gelingt es den Besuchern, sich zu den einzelnen Bildern durchzukämpfen. Die meisten Gäste kommen nicht wegen der Radierungen und Zeichnungen, denkt Weynberg. Sie haben es auf den kostenlosen Wein abgesehen, den Gott sei Dank die Galeristin bezahlt.

Warum er nur dunkle Bilder ausstelle, fragt ihn ein Besucher. Dieselbe unpassende Bemerkung, die er sich von Albrecht hat anhören müssen. Die Welt sei düster und er fände es nicht gut, so zu tun, als sei alles bestens, entgegnet Weynberg. Dabei würde er seine melancholische Phase gern verlassen, was ihm aber nicht gelingen dürfte, zumal sie seine Stimmung spiegelt. Was er denn durch seine Bilder ausdrücken möchte, zählt ebenfalls zu den Fragen, mit denen er an diesem Abend konfrontiert wird. Weynberg hat keine Kraft für ausschweifende Erläuterungen und antwortet ausweichend mit dem Satz ›Ich überlasse es den Betrachtern, was sie in meiner

Kunst sehen‹. Eine in seinen Augen feige Antwort, hinter der sich viele Künstler verstecken.

Die Tochter der Galeristin schlängelt sich mit einem Tablett an den Besuchern vorbei und bietet Getränke an. Weynberg nimmt sich ein Glas Weißwein.

»Gratuliere, Sie haben eine großartige Ausstellung auf die Beine gestellt.«

Er ist erstaunt, Sarahs dunkle Stimme zu hören. Und das an einem Samstagabend. »Freut mich, dass Ihnen die Grafiken gefallen. Darf ich Sie durch die Galerie führen?«

»Danke für das Angebot, ich möchte die Bilder ohne Erklärungen in mich aufnehmen.« Sie gibt ihm eine Visitenkarte. »Ich habe gehört, man könne sich von Ihnen zeichnen lassen. Rufen Sie mich an, wenn Sie einen Termin frei haben.«

Sarah reicht ihm die Hand und wendet sich den Radierungen zu. Weynberg findet eine handschriftliche Notiz auf der Visitenkarte. ›Heute Nacht bei dir. Bleib nüchtern.‹

## NEUN

»Was für ein Spiel!« Markus Heidorn öffnet die dritte Flasche Becks. Die Leistung der deutschen Fußballnationalmannschaft am gestrigen Abend hat ihn in Hochstimmung versetzt, obwohl es nur ein Freundschaftsspiel gewesen ist. Stolz wie ein Pfau versucht er, den Eindruck zu erwecken, selbst gegen den Ball getreten zu haben.

Weynberg lächelt innerlich. Typisch Markus, dessen einzige körperliche Anstrengung darin besteht, Biere zu stemmen. Er dagegen läuft zwei- bis dreimal in der Woche am Werdersee. Meistens jedenfalls.

Heute Morgen hängt er mehr in seinem Sessel, als er sitzt. Er bereut, Markus zum Frühschoppen eingeladen zu haben. Sarah hat ihm nicht viel Schlaf gegönnt. Weynberg ist froh, dass sie ihm ein Friedensangebot gemacht hat, auch wenn sie sich nicht in allen Punkten ausgesöhnt haben. Nachdem sie gegangen war, hat die Zeit knapp gereicht, um zu duschen, bevor Markus aufgetaucht ist. Er hätte aber wegen der Verärgerung, von Albrecht hereingelegt worden zu sein, ohnehin schlecht geschlafen.

»Ach weißt du, Markus, es gibt im Moment dringendere Probleme.«

»Komm nicht auf die Idee, die Lösung wieder nachts im Wald zu suchen. Auf mich könntest du nicht mehr zählen.«

Weynberg nippt an seinem Bier. »Momentan wächst mir alles über den Kopf. Zwar dürfte der Mordfall Melanie Albrecht bald gelöst sein, aber die Mail von Anna geht mir nicht aus dem Sinn.«

»Glaubst du wirklich, es ist Anna, die dir geschrieben hat?«

»Glauben bringt mich nicht weiter. Ich frage mich nur, wer mir sonst die Mail geschickt haben könnte? Außer Albrecht weiß fast niemand von meiner alten Liebe.«

»Traust du Sarah solch eine Gemeinheit zu?«

»Nein, zwischen uns ist alles bestens. Sie spielt mir nichts vor.«

Heidorn rülpst ungeniert. »Ich habe Sarah nie kennengelernt. Würdest du kein Geheimnis um diese Frau machen, könnte ich dir eine Einschätzung geben.«

»Lass mal gut sein, Markus.« Weynberg steht auf. »Ich schmeiße die Stereoanlage an. Was möchtest du hören?«

»Egal, solange du keine Oper auflegst.«

»Banause. Wie wär's mit U2?«

»Aber nicht so laut.«

Bono singt ›With or without you‹. Sie lauschen der Musik. Jeder hängt seinen Gedanken nach, bis Heidorn das Schweigen bricht. »Haben die Zeitungen über Annas Verschwinden berichtet?«

»Eine kurze Notiz, das war´s.« Weynberg deutet auf die Balkontür. »Ich brauche frische Luft.« Draußen stützt er sich auf dem Geländer ab und schaut in Richtung Innenstadt. Es regnet. Das Wasser der Kleinen Weser spiegelt heute keine Lichtreflexe. Man könnte meinen, jemand hätte eine trübe Brühe in den Nebenarm der Weser gegossen.

Weynberg schreckt auf, als unten die Haustür zuschlägt. Er beugt sich vor. Eine Gestalt in einer grauen Kapuzenjacke eilt dicht an der Hauswand entlang zur Leinestraße. Weynberg läuft an dem verdutzten Heidorn vorbei aus der Wohnung, nimmt im Treppenhaus zwei Stufen auf einmal, reißt die Haustür auf und folgt der Person. Seinem Schatten, darin ist er sich sicher. An der Ecke rennt er fast einen Kinderwagen um. Außer dem Baby und der Frau, die den Wagen schiebt, ist niemand zu sehen. Weynberg entschuldigt sich. Die Hoffnung, seinen Schatten zu finden, gibt er bald auf. Der Gedanke an die Fotos, die in seinem Briefkasten warten dürften, lässt ihn umkehren.

Vom Balkon aus hört er Heidorn rufen. »Was ist los, Jannik?«

Weynberg legt seinen rechten Zeigefinger auf die Lippen und geht ins Haus. Im Briefkasten steckt der bekannte braune Umschlag. Der Versuchung, ihn sofort aufzureißen, kann er nur widerstehen, weil die neue

Nachbarin die Treppe herunterkommt. Er nickt ihr kurz zu und eilt nach oben.

Heidorn wartet in der Wohnungstür. »Nun sag endlich, spann mich nicht auf die Folter.«

Weynberg wedelt mit dem Kuvert. »Mein Schatten hat wieder Postbote gespielt. Sehr mutig, der Typ. Hätte ich zufällig hinter der Haustür gestanden, wär´s das für ihn gewesen.«

»Vielleicht ist es eine besonders wichtige Nachricht? Mach schon.«

Weynberg reißt den Umschlag auf. »Ach du Scheiße.«

Heidorn versucht, einen Blick auf das Foto zu werfen. »Was ist?«

»Wir haben die nächste Leiche.«

*Der zweite Mord war ein geschickter Schachzug und alternativlos. Dagegen war der Besuch am helllichten Tage und ohne abzuwarten, ob Weynberg aus dem Haus geht, ein Fauxpas. Ein erstes Zeichen von Nervosität. So was darf nicht mehr vorkommen. Fast hätte er dich erwischt. Du sitzt in der Falle, lass sie nicht zuschnappen. Die Verbitterung darüber, dass du dein Ziel aufgeben musstest, solltest du ausblenden. Schau nach vorn und tue alles dafür Erforderliche. Das kannst du, das hast du gestern bewiesen. Gestatte dir keine moralischen Bedenken, das würde dich ablenken und zu Fehlern führen. Überlege auch, ob es Sinn macht, die*

*Observation von Weynberg fortzusetzen und ihm weiterhin Fotos zu schicken. Wäre es nicht besser, erst wieder Kontakt zu ihm aufzunehmen, falls du es für nötig hieltest, ihn zu töten?*

»In der Küche liegt keine Leiche.« Kriminalhauptkommissar Matthias Wendt schaut auf das Foto. »Das Bild zeigt eindeutig die Küche von Michael Albrecht und den auf dem Boden verblutenden Hauptkommissar, aber der ist verschwunden. Am besten kommen Sie mit aufs Revier, dort können wir Ihre Aussage aufnehmen. Warten Sie bitte einen Moment draußen, ich bin hier gleich fertig.«

Weynberg überlegt, mit seinem Wagen zum Polizeipräsidium zu fahren, entscheidet sich jedoch vernünftigerweise dagegen. Zum einen hat er zwei Flaschen Bier getrunken, zum anderen würde Wendt ihn fragen, warum sein Auto schon länger in Arsten steht.

Im Dienstfahrzeug des Kommissars sprechen sie kein Wort miteinander. Wendt ist damit beschäftigt, seinen Mitarbeitern, die in Albrechts Haus Spuren sichern und Nachbarn befragen, via Freisprechanlage Anweisungen zu erteilen.

Im Präsidium führt er Weynberg auf den schmucklosen Flur vor seinem Büro. »Mögen Sie Automatenkaffee, Herr Weynberg?«

»Wenn er nicht so schlecht ist wie sein Ruf.«

»Ganz so schlimm ist er nicht. Mit Milch und Zucker?«

»Schwarz bitte.«

Wendt deutet auf eine Bank. »Machen Sie´s sich bequem. Ich bin gleich wieder da.«

Unter ›gleich‹ versteht der Hauptkommissar vierzig Minuten. Weynberg versucht in der Zeit, seine Gedanken zu ordnen. Was bedeutet der Tod von Michael Albrecht? Selbstmord dürfte es nicht gewesen sein. Auf dem Foto ist ein Gegenstand zu sehen, der in Albrechts Bauch steckt und den er mit einer Hand umklammert. Aber Albrecht ist kein Samurai gewesen und hätte eine andere Form des Suizids gewählt, als das rituelle Harakiri. Außerdem hat Albrecht aus mehreren Wunden geblutet. Es muss also jemand einige Male auf ihn eingestochen haben. Der Mörder von Melanie Albrecht? Wenn ja, warum hat er auch diese Leiche weggeschafft? Wer kommt überhaupt noch als Täter in Betracht? Weynberg fallen nur zwei Personen ein: sein Schatten und Kurt Bergmann. Falls sie nicht identisch sind.

Er springt auf, um Wendt zu helfen, der in beiden Händen einen Becher Kaffee hält, sich eine Akte unter den rechten Arm geklemmt hat und mit seinem linken Ellenbogen versucht, die Bürotür zu öffnen.

»Entschuldigung, Herr Weynberg, es hat etwas länger gedauert als erwartet.«

»Kein Problem, was kann ich für Sie tun?«

Wendt schiebt Weynberg die Akte über den Tisch. »Das ist das Protokoll einer Unterredung, die ich mit Hauptkommissar Bergmann von der Sitte geführt habe. Herr Bergmann hat auch Aussagen über seine Gespräche mit Ihnen gemacht. Bitte seien Sie so freundlich, sich das Protokoll durchzulesen, damit Sie die Angaben, die für Sie relevant sind, bestätigen können. Ich muss noch was erledigen. Diesmal geht´s schneller, versprochen.«

Kurt Bergmann hat angegeben, Albrecht für den Mörder seiner Frau zu halten. Er hat auch gesagt, Weynberg zähle ihn, Bergmann, zu den Verdächtigen. Obendrein findet Weynberg Hinweise auf seine Tätigkeit als Privatdetektiv für Albrecht und über seinen angeblichen Verfolger.

»Einwände?« Hauptkommissar Wendt ist geräuschlos hinter Weynberg getreten.

»Mich stört das Wort ›angeblich‹ im Zusammenhang mit meinem Verfolger. Außerdem bin ich kein Privatdetektiv.«

»Wie soll es der Kollege Bergmann denn formulieren? Er hat diesen Schatten, wie Sie ihn nennen, nie gesehen. Sie haben nun mal als Schnüffler gearbeitet.«

»Okay, Sie haben recht. Ich sollte nicht so empfindlich sein.«

Im Mienenspiel von Wendts Gesichts spiegelt sich eine Spur Härte. »Wer hat ihren Schatten eigentlich gesehen? Kann jemand seine Existenz bezeugen?«

»Wollen Sie mich einer Falschaussage bezichtigen?«

»Immer mit der Ruhe. Lassen Sie Ihren Kaffee nicht kalt werden. Ich muss Ihnen diese Frage stellen. Also, ich höre?«

»Mein Freund Markus Heidorn hat mitgekriegt, dass ich eine Person verfolgt und danach das Foto von dem ermordeten Michael Albrecht in meinem Briefkasten gefunden habe.«

»Hat ihr Freund diese Gestalt auch gesehen?«

»Nein.«

»Können Sie die Person beschreiben?«

»Sie hat einen grauen Kapuzenpullover getragen, ist normal groß und schlank und hat einen sportlichen Eindruck gemacht.«

»Lassen Sie mich raten: Die Kapuze war über den Kopf gezogen. Somit können Sie weder etwas zum Gesicht, noch zur Haarfarbe und -länge und auch nichts zur Frisur sagen?«

»Das stimmt.«

Wendt schlägt die Fingerspitzen seiner Hände aneinander. »Herr Weynberg, Sie sind eine eigenartige Figur in diesem Spiel. Ich frage Sie nicht, ob Sie was mit den Morden zu tun haben. Sie würden ohnehin alles abstreiten. Mir müssen Sie diesen Gedanken aber gestatten. Wir haben nicht viele Verdächtige, nur diesen Schatten, den außer Ihnen niemand gesehen hat und den auch Sie, sofern er existiert, beauftragt haben könnten. Dass die Hauptkommissare Albrecht und Bergmann als Täter im

Fall Melanie Albrecht infrage kommen, ist grundsätzlich in Betracht zu ziehen, zumal beide ein Motiv gehabt hätten. Für den Zeitpunkt dieser Tat haben beide allerdings auch ein wasserdichtes Alibi. Abgesehen davon ist Michael Albrecht ebenfalls ermordet worden.«

»Es sei denn, das Foto ist gestellt und Albrecht liegt auf den Bahamas in der Sonne.«

Wendt lächelt. »Schön wär´s, aber wir haben in seiner Küche viel Blut gefunden, das nachweislich von ihm stammt.«

Weynberg versucht zurückzulächeln, bringt jedoch nur eine Grimasse zustande. »Sie behaupten ja wohl nicht allen Ernstes, ich sei Ihr Verdächtiger?«

»Ich kann es zumindest nicht ausschließen. Deshalb muss ich auch Sie nach Ihren Alibis fragen. Wo waren Sie am Freitag, 27. August, von zwanzig bis einundzwanzig Uhr und in der letzten Nacht zwischen zwei und drei Uhr?«

»Sind das die Tatzeiten?«

»Ja.«

»Ich war jeweils in meiner Wohnung und hatte Damenbesuch.«

»Wie heißt und wo wohnt die Dame?«

Weynberg hebt bedauernd die Arme. »Tut mir leid, sie ist verheiratet.«

Wendt verzieht angewidert sein Gesicht. »Es wäre besser, Sie würden kooperieren.«

»Gern, aber falls Sie mich nur verdächtigen, weil mir jemand Fotos schickt und mich verfolgt, ist das lächerlich. Glauben Sie etwa, ich würde deshalb meine Freundin kompromittieren? Und warum sollte ich Albrecht und seine Frau umbringen, wo ich doch von beiden finanziell profitiert habe?«

Wendt steht auf und reicht Weynberg die Hand. »Bitte bleiben Sie in der Stadt und halten Sie sich zu unserer Verfügung.«

An der Tür dreht Weynberg sich um. »Mir fällt noch was ein, das Ihnen weiterhelfen könnte. Albrecht hat mich, nachdem Bergmann ein Alibi für die Tatzeit im Fall Melanie vorweisen konnte, damit beauftragt, den Stalker zu observieren und zu befragen, der über längere Zeit seine Frau verfolgt haben soll. Ich kann mich nicht an den Namen des Mannes erinnern, Sie müssten ihn in den Polizeiakten finden.«

## ZEHN

Dem Blick in den Taschenspiegel folgt ein kurzes Nicken. Die vollschlanke, in die Jahre gekommene Frau ist mit dem Sitz ihrer Pagenfrisur und mit sich selbst im Reinen. Die von ihr gewählte Haarfarbe, ein wie ein Fremdkörper wirkendes müllmann-orange, verleiht dem Empfangsraum des Elektrogroßhandels Niemöller eine spezielle Note. Sie erblickt Weynberg und lässt den Spiegel in einer Schublade hinter dem Empfangstresen verschwinden. »Guten Tag, was kann ich für Sie tun?«

»Mein Name ist Weynberg, ich möchte zu Herrn Wiegand.«

»Zu Herrn Wiegand? Der ist Buchhalter und empfängt normalerweise keinen Besuch.«

Weynberg lehnt sich mit seinen Unterarmen auf den Tresen, wo er in eine Wolke aufdringlichen Parfüms gerät. Mühsam schafft er es, den Impuls zu verdrängen, seine Nase mit zwei Fingern zuzudrücken. »Schöne Frau, mein Anliegen ist auch nicht normal, sondern dringend.«

»Um was geht´s denn?«

Wann wird der Drachen von der Besucherabwehr endlich zum Hörer greifen? »Das Thema ist vertraulich. Horchen Sie Herrn Wiegand doch aus, wenn ich wieder weg bin.«

Pikiert wählt sie die Nummer des Stalkers. »Sie müssen wissen, es gibt eine Anweisung der Geschäftsleitung, ... Ach, Hallo Herr Wiegand, Besuch für Sie.« Kurze Pause. »Ja, ein Herr Weynberg. Kommen Sie bitte vorbei und klären Sie das selbst mit ihm.«

Weynberg blickt aus bodentiefen Fenstern in das Gewerbegebiet am Bremer Kreuz. Er hört Schritte und dreht sich um. Sein Blick fällt auf Max Wiegand, der sich eine gläserne Treppe herunterschleppt. Weynberg fürchtet, Wiegand könnte es nicht bis unten schaffen. Zumal sein hagerer Körper auf jeder Stufe auseinanderzubrechen droht. Seinen Kopf mit eingefallenem Gesicht und hoher Stirn dominiert ein Augenpaar, das Misstrauen signalisiert. Weynberg mag nicht glauben, einem Stalker gegenüberzustehen. Schaut der Typ nicht in den Spiegel, bevor er einer Frau nachstellt?

Wiegand reicht ihm die Hand. Weynberg achtet darauf, nicht zu fest zuzudrücken, obwohl er dem Mann zu gern die Hand zerquetschen würde. »Entschuldigen Sie bitte die Störung, ich muss Sie kurz sprechen. Unter vier Augen.«

Wiegand senkt seine Stimme. »Um was geht's denn?«

»Um Melanie Albrecht.«

Ein leichtes Zucken läuft über Wiegands Gesicht. »Kommen Sie mit in den Besucherraum.«

»Ihnen dürfte klar sein, warum ich hier bin?«

Wiegand setzt sich und deutet auf einen freien Stuhl. »Ich habe Melanie in Ruhe gelassen. Wollen Sie mir etwa den Mord anhängen?«

Weynberg zieht es vor, stehen zu bleiben. »Haben Sie ein Alibi?«

»Ich weiß nicht, wann Melanie ermordet wurde.«

»Am vorletzten Freitag kurz nach zwanzig Uhr.«

»Freitags gucke ich die Krimis im ZDF.«

»Alleine?«

»Natürlich.«

»Ein traumhaftes Alibi.«

Wiegand sieht Weynberg hasserfüllt an. »Ich habe Melanie nicht getötet, ich habe Sie geliebt.«

»Bei ihresgleichen schließt das eine das andere nicht aus, Wiegand.«

»Sie sind wie alle Bullen, biegen sich die Tatsachen zurecht, bis sie Ihnen passen.«

»Ich bin nicht von der Polizei, sondern ermittle im Auftrag einer privaten Person.«

Wiegand verschränkt seine Arme hinter dem Kopf. »Sie sollten sich verpissen. Mit Leuten wie Ihnen gebe ich mich nicht ab.«

Weynberg, der Gewalt in der Regel verabscheut, ist mit einem Schritt bei Wiegand und zieht ihn am Kragen hoch. »Ich habe auch nicht gern mit dem Abschaum der Menschheit zu tun, aber selbst ich muss Geld verdienen.« Er hat die Fernsehbilder des Stalkers vor Augen, der in Bremen seine Lehrerin erstochen hat. »Am liebsten würde ich Ihnen die Fresse polieren. Hauptkommissar Albrecht hat mir gesagt, Sie hätten immer noch vor seinem Haus herumgelungert.«

Wiegand versucht vergeblich, Weynbergs Griff zu lockern. »Sie bluffen doch«, quetscht er hervor.

»Wie Sie meinen, dann gehe ich eben zu den Kollegen von der Polizei.« Weynberg stößt Wiegand zurück, der sich an der Tischplatte festhalten muss, um nicht mit seinem Stuhl umzufallen. »Also, ich höre. Was wissen Sie?«

»Gut, ich gebe zu, Melanie nach dieser Was-weiß-ich-Ansprache weiter beobachtet zu haben.«

»Und?«

»Aus einer Eingebung heraus bin ich ihrem Mann gefolgt, nachdem er sie mit dem Auto in die Pappelstraße zu ihrer Freundin gebracht hatte und anschließend alleine nach Hastedt gefahren ist. Er hat an einem Reihenhaus geklingelt. Die Frau, die ihm aufmachte, ist ihm gleich um den Hals gefallen. Und dieser Fremdgeher erdreistet sich, Melanie den Umgang mit mir zu verbieten.«

Soso, denkt Weynberg, Albrecht hat Denise Schröder oder zumindest ihre Adresse gekannt. Außerdem hatte er selbst ein Verhältnis. Um dies zu vertuschen dürfte er die Schröder umgebracht haben. »Wie hat die Frau ausgesehen?«

»Schlank, kurze blonde Haare. Ein sportlicher Typ. Wäre nicht mein Fall.«

Dann kann die Dame ja froh sein. Weynberg spricht seinen Gedanken nicht aus. »Da Sie dort gewesen sind, haben Sie sicherlich die Adresse der Frau.«

»Ich habe sogar Fotos von ihr und dem Haus. Wenn Sie versprechen, nie wieder bei mir aufzukreuzen, gebe ich Ihnen alles.«

»Sie haben mein Wort.«

Wiegand reißt einen Zettel von dem Block, der auf dem Besprechungstisch steht, und schreibt seine Adresse auf. »Ich verlasse mich auf Sie. Kommen Sie heute Abend gegen acht zu mir in die Gastfeldstraße.«

Darauf kannst du Gift nehmen, denkt Weynberg. Auch du, mein Schatten.

»Wie geht es Jannik Weynberg?«

Sarah Maar führt ihre Gabel mit Schwarzbrot und Rührei so ruhig zum Mund, als hätte er sie nach der Wettervorhersage gefragt. »Du kennst ihn?«

»Ich habe einen Privatdetektiv beauftragt, herauszufinden was du treibst, wenn ich nicht bei dir bin. Dein anhaltendes abweisendes Verhalten mir gegenüber hat mich zu diesem Schritt veranlasst. Der Detektiv hat ermittelt, dass du ein sexuelles Verhältnis mit einem Künstler namens Jannik Weynberg hast. Mein Freund Michael hat mir dies bestätigt.«

Sarah Maar tupft sich mit ihrer Serviette die Lippen ab. »Können wir sachlich darüber sprechen? Jannik Weynberg ist mein Geliebter. Ich habe mich innerlich schon vor einem Jahr von dir scheiden lassen. Damals hatte ich herausgefunden, dass du deine Sekretärin vögelst, diese Billigausgabe von Pamela Anderson.«

Maar springt auf. »Sie hat die Situation ausgenutzt, das ich angetrunken war. Okay, es war nicht korrekt, ein einmaliger Fehltritt. Ich entschuldige mich dafür.« Er zögert einen Moment, dann setzt er sich wieder. »Was deinen Kontakt zu Weynberg angeht, kann von Einmaligkeit nie und nimmer die die Rede sein. Warum schläfst du überhaupt noch mit mir? Weynberg hat keine Kohle, oder?«

»Lenk nicht ab. Du hattest mehr Affären. Ich habe Fotos als Belege.« Sie steht auf. »Gleich packe ich ein paar Sachen zusammen und bin weg. Den Rest hole ich später. Brauche ich dann Polizeischutz, oder lässt du mich freiwillig wieder rein?«

Bernd Maar lächelt. »Was bist du doch für eine erbärmliche Nutte? Vögelst für Geld mit mir rum, obwohl du mich nicht ausstehen kannst. Du bist widerlich.«

Er dreht seinen Kopf nicht schnell genug weg. Sarahs rechte Hand klatscht auf seine linke Wange, die sich rot färbt. »Ich habe dich was gefragt, Bernd.«

»Ich lasse mich nicht scheiden. Du hast mir ewige Treue geschworen und dass du in guten wie in schlechten Zeiten zu mir halten wirst. Bald dürftest du Gelegenheit haben, zu deinem Wort zu stehen.«

Sarah Maar geht zur Tür. »Du hast mir nie zugehört und tust es auch jetzt nicht. Meine Entscheidung steht fest. Der Mann, dem ich Treue geschworen habe, war ein anderer. Und das eines klar ist: Es ist eine Strafe, mit dir zu vögeln, das kannst du mit Kohle niemals aufwiegen. Ich wollte mir die Sache nur in Ruhe durch den Kopf gehen lassen.« Sie atmet tief ein, bevor sie weiterspricht. »Ich will alle Unterlagen sehen, die mit unseren Finanzen zusammenhängen. Du wirst mich nicht übers Ohr hauen. Wir teilen das Geld und du siehst mich nie wieder.«

Maar lehnt sich im Stuhl zurück. »Wenn es nur halb so traurig wäre, würde ich mir vor Vergnügen auf die Schenkel schlagen. Leider ist es aus mit meiner Karriere als Unternehmer. Ich muss mich wegen Steuerhinterziehung in größerem Ausmaß verantworten und du, liebe Sarah, hängst mit drin. Ich werde aussagen, du hättest mich angestiftet und mit Scheidung gedroht, falls ich nicht mitspiele.«

Das Bett ist ungemacht, im Schlafzimmer liegen Klamotten auf dem Fußboden, den Wohnzimmertisch zieren leere Bierflaschen und die Kloschüssel sieht aus, als wäre sie notdürftig von Erbrochenem befreit worden. Über allem schwebt ein Gestank, der es schwer haben dürfte, aus der Wohnung zu finden. Sarah Maar reißt die Fenster und die Balkontür auf. Warum hat Jannik seine Bleibe wie ein Schlachtfeld hinterlassen? Wo steckt er? Sie überlegt, ihn anzurufen, verwirft den Gedanken aber wieder, weil sie ihn nicht bei einem seiner dringend benötigten Aufträge stören will.

Frustriert sinkt sie in einen Sessel. Wie oft hat sie auf ihn eingeredet, sich zu Hause gepflegt einzurichten? Jannik ist auf einem guten Weg gewesen. Und jetzt das. Steuert sie auf einen faulen Kompromiss zu? Mit Bernd ist es endgültig aus. Sie ist froh, nie etwas unterschrieben zu haben, weder Steuererklärungen noch Verträge. Da sich auf ihrem Literaturstudium und ihren Kontakten, die sie als Literaturkritikerin geknüpft hat, was aufbauen lässt, kann sie auf eigenen Füßen zu stehen. Notfalls ohne Jannik.

Jannik und sie haben sich in der Bremer Kunsthalle während der Silvette-Ausstellung kennengelernt. Er hat sie angesprochen und einen entsetzten Blick geerntet. Das hat er behauptet zumindest. Sie erinnert sich daran, als wäre es gestern passiert. Über sein Erscheinungsbild hat sie hinweggesehen, weil sie mit ihm tief greifende Gespräche über die Exponate führen konnte. Aus dieser zufälligen Begegnung ist eine Freundschaft entstanden, zwei Treffen später sogar mehr.

Jannik ist für sie bislang ein verlässlicher Typ gewesen. Nun sieht es aus, als bräche ihr Leben an allen Fronten auseinander. Was ist mit dieser Anna? Janniks Reaktion letztens hat nicht wie ein klares Bekenntnis für sie und gegen Anna geklungen. Ein weiteres Problem sind seine beruflichen Perspektiven. Statt an seinem Durchbruch zu arbeiten, hängt er mit einem erfolglosen Krimischriftsteller herum. Sie hocken bestimmt beim Bier und bestätigen sich gegenseitig, wie wichtig sie für die Gesellschaft sind.

Andererseits ist sie stets gern mit ihm zusammen gewesen. Sie denkt daran, wie schwer es ihr nach einem Jahr Beziehung noch gefallen ist, sich für Tage, für eine Woche oder länger in ihre Ehe zurückzuziehen. Nun kommt sie nicht umhin, eine Entscheidung über ihre gemeinsame Zukunft zu treffen. Hat sie sich was vorgemacht? Die trübe Realität, die Jannik Weynberg umgibt, verdrängt, da es so bequem war? Sie sieht ihn vor sich mit seinem treuen Blick, weil sie um etwas Abstand gebeten hat. Und die Traurigkeit in seiner Miene, als er Bernd und sie durch das Fenster des Engel Weincafés fixiert hat. Berührt hat sie aber auch seine ehrliche Freude, als sie ihn in der Nacht nach seiner Vernissage besucht hat. Was soll bloß aus ihrer Beziehung werden?

Sarah steht auf, um Ordnung zu schaffen. Das Wohnzimmer ist rasch aufgeräumt. Im Schlafzimmer stutzt sie. Der Bilderrahmen mit dem Foto, das sie Jannik geschenkt hat, liegt mit der Vorderseite auf dem Nachtschrank. Sie stellt ihn auf und entdeckt, dass er das Bild herausgenommen hat. War´s das für die gemeinsame Zukunft? Will er trotz seiner Treueschwüre einen Schlussstrich ziehen, weil er die Hoffnung auf ein Happy End aufgegeben hat? Kann sie sich ihre Grübeleien sparen? Sie verfällt in Hektik, durchsucht die

Schublade des Nachtschranks, den Papierkorb im Kinderzimmer, das Jannik zu einem Büro umfunktioniert hat, und die Abfalleimer in der Küche und im Bad. Hat er ihr Bild in seiner Enttäuschung aus dem Fenster geworfen? Sie auf die Schnelle entsorgt? Erlebnisse aus der Zeit, die sie zusammen verbracht haben, ziehen an ihrem inneren Auge vorbei.

Das Summen der Haustürklingel holt ihre Gedanken zum Abfalleimer im Bad zurück, vor dem sie noch kniet. Sie wäscht ihre Hände und geht zur Sprechanlage. »Ja bitte?«

Es dauert, bis sich eine männliche Stimme meldet. »Äh, ist Jannik da?«

»Mit wem spreche ich denn?«

»Ich bin Markus, Markus Heidorn. Ein Freund von Jannik. Sind Sie Sarah?«

Statt zu antworten, drückt Sarah Maar auf den Türöffner und tritt ins Treppenhaus. »Woher kennen Sie mich«, fragt sie Heidorn, der schnaufend die Stufen hinaufsteigt.

»Ich hatte bislang leider nicht das Vergnügen, Sie kennenzulernen. Jannik hat nur hin und wieder ihren Namen erwähnt.«

Hastige Schritte auf der Treppe. Zwei Uniformierte stürmen herauf. »Hände an die Wand, beide, und nicht bewegen.« Die Uniformierten tasten sie ab.

»Das wird Folgen für Sie haben. Ich habe es nicht nötig, mich von Ihnen befummeln zu lassen«, presst Sarah Maar zwischen den Zähnen hervor.

»Immer mit der Ruhe«, sagt hinter ihr eine weibliche Stimme. »Es läuft alles korrekt ab.« Sie nickt ihrem Kollegen zu. »Sie ist sauber.«

Der männliche Polizist wendet sich an Heidorn. »Herr Weynberg, ich nehme Sie wegen des Verdachts der Tötung von Hauptkommissar Michael Albrecht vorläufig fest. Wir haben Albrechts Leiche im Kofferraum Ihres Wagens gefunden. Das Mordwerkzeug ist ein Stichel, den man für Kupferstiche benutzt. Mit Ihren Fingerabdrücken drauf. Die haben wir mit den Abdrücken verglichen, die Sie im Büro von Hauptkommissar Wendt hinterlassen haben. Sie müssen nichts sagen, was Sie belasten würde, und dürfen jederzeit einen Anwalt hinzuziehen.«

Heidorn weicht einen Schritt zurück. »Sehe ich aus wie Jannik Weynberg? Ich heiße Markus Heidorn.«

»Ihren Ausweis bitte.«

Heidorn klopft auf sein Jackett. »Mist, der liegt zu Hause.«

Der Beamte sieht Sarah Maar fragend an. »Können Sie bestätigen, dass es sich bei diesem Herrn um Markus Heidorn handelt?«

»Unter dem Namen hat er sich eben vorgestellt. Jedenfalls ist er nicht Jannik Weynberg.«

Eine Etage tiefer wird eine Tür geöffnet. »Kommen Sie doch rein«, sagt Sarah, obwohl es ihr peinlich ist, die Beamten in die unaufgeräumte Wohnung zu lassen. »Die Nachbarn haben hier längere Ohren als Hasen.« Sie schließt die Wohnungstür und kramt lange in ihrer Handtasche nach ihrem Personalausweis, bis ihre Hände nicht mehr zittern. »Ich bin die Freundin von Herrn Weynberg und habe einen Schlüssel zu seiner Wohnung. Bevor Sie fragen: Keine Ahnung, wo er sich aufhält. Hören Sie, er ist unschuldig. Ich kenne ihn, ich weiß, wie er tickt.«

»Niemand kann in einen anderen Menschen hineinschauen. Wir haben unsere Erfahrungen.« Die Stimme der Polizistin lässt keinen Zweifel zu. »Ich nehme Ihre Personalien auf. Die auf dem Ausweis angegebene Adresse stimmt?«

»Nein, ich wohne jetzt hier. Mein Mann und ich trennen uns.«

»Herr Weynberg hat Ihnen nicht gesagt, wohin er geht?«

Sarah Maar schüttelt den Kopf »Wir haben uns länger nicht gesehen.«

Die Polizistin zuckt die Achseln. »Halten Sie sich bitte zu unserer Verfügung und versuchen Sie auf keinen Fall, Herrn Weynberg zu warnen. Sollte er der Mörder von Michael Albrecht sein, würden Sie sich der Begünstigung nach § 257 StGB strafbar machen. Darauf steht eine Freiheitsstrafe von bis zu fünf Jahren oder eine Geldstrafe. Denken Sie auch daran, dass wir anhand von Telefonverbindungen nachweisen können, mit wem Sie sprechen. Ich brauche noch Ihre Handynummer.«

Sarah schreibt die Nummer auf einen Zettel, den sie aus einem Notizbuch reißt.

»Danke. Wir postieren Leute vor dem Haus und nehmen Herrn Weynberg fest, sobald er auftaucht.« Die Polizistin wendet sich an Heidorn. »Sie begleiten uns bitte zur Feststellung ihrer Personalien aufs Revier.«

Sarah schaut vom Balkon aus zu, wie die Polizisten und Heidorn in den Streifenwagen steigen. Sie wartet nicht, bis die Autotüren zuschlagen, da ist sie bereits auf dem Weg nach unten.

Jannik Weynberg blickt auf seine Armbanduhr. Noch drei Stunden bis zu seiner Verabredung mit Wiegand. Nachdem er den Stalker an seinem Arbeitsplatz besucht hatte, ist er im Bürgerpark spazieren gegangen und hat in der Innenstadt einen preiswerten Mittagstisch gegessen. In seine unaufgeräumte Wohnung wird er früh genug zurückkehren. Es zieht ihn in den Schnoor, wo er den Nachmittag entspannt ausklingen lassen möchte.

Den Tag hat er genutzt, um in Ruhe über den Fall Melanie nachzudenken. Michael Albrecht hat ihn hereingelegt, das ist klar. Er hat ihn dreist beauftragt, den Täter und damit sich selbst zu suchen. Albrecht wollte natürlich nicht enttarnt werden. Er hatte vor, ihn,

Weynberg, dahingehend steuern, dass er Indizien findet, die Kurt Bergmann ausreichend verdächtig erscheinen lassen, um eine Hausdurchsuchung zu rechtfertigen. Seine Kollegen von der Mordkommission hätte er nie derart beeinflussen können. Durch das Blut, das der Mörder angeblich versucht hat wegzuwischen, ist der Verdacht perfide in Richtung Bergmann gelenkt worden. Wissend, dass es aussichtslos gewesen ist, das Blut rückstandslos zu entfernen. So weit ist Albrechts Plan aufgegangen. Aufgrund des unerwarteten Alibis, das der Arzt Bergmann gegeben hat, ist es diesem gelungen, seinen Kopf aus der Schlinge zu ziehen. Albrecht und Bergmann haben sich zwar weiterhin gegenseitig beschuldigt, für Weynberg kommt nach dem Stand der Ermittlungen jedoch nur noch sein unbekannter Schatten als derjenige infrage, der die Tat ausgeführt hat. Fraglich bleibt, ob die Person, die ihn verfolgt hat, jeweils dieselbe gewesen ist. Sowohl Albrecht als auch Bergmann, sofern dieser doch den Mord an Melanie Albrecht zu verantworten hat, müssten einen Gehilfen gehabt haben. Aber wer käme dafür in Betracht?, fragt sich Weynberg. Wer hätte Michael Albrecht solo und zusammen mit mir fotografieren können?

Sarah Maar wählt zum dritten Mal Weynbergs Handynummer, wieder meldet sich seine Mailbox. Ein ungutes Gefühl hält sie davon ab, eine Warnung auf die Box zu sprechen. Zufällig erblickt sie Weynberg, der, ohne sie wahrzunehmen, ins Schnoor-Viertel schlendert. Sie eilt ihm nach, muss aber eine Straßenbahn, die warnend klingelt, passieren lassen. Da aus der Neustadt ebenfalls eine Bahn kommt und an der Haltestelle stoppt, ist ihr der Blick versperrt. Sarah drängelt sich durch die aus- und einsteigenden Fahrgäste und eine Traube von Touristen. Endlich freie Sicht, jedoch weit und breit kein Jannik zu sehen. Er kann nur in den Schnoor gegangen sein, sagt sie sich. Sarah rechnet damit, in dem mittelalterlichen Altstadtquartier, wo früher Fischer gewohnt haben, auf Scharen von Touristen zu treffen, die die engen Gassen mit den dicht aneinander gereihten Häusern bevölkern. Den Gasthof zum Kaiser Friedrich und die danebenliegende Schnoorkrämerei, ein Anblick, der sie sonst immer fasziniert, nimmt sie heute nicht wahr. Was die Anzahl der Touristen betrifft, werden ihre Erwartungen noch übertroffen. Und das an einem Montag. Sie bleibt kurz stehen und versucht, Weynberg in der Menschenmenge zu entdecken. Es ist aussichtslos, er dürfte sich in ein Café oder Restaurant gesetzt haben. Sie tippt auf das Café Tölke oder den Kleinen Olymp, wo der Wirt Kräusen Pils, Janniks Lieblingsbier, vom Fass zapft. In dem Café, aus dem ihr beim Eintreten Leute mit der Bemerkung ›alles besetzt‹ entgegenkommen, findet sie ihn nicht. Vor dem Kleinen Olymp hat sie mehr Glück. Er sitzt draußen, auf dem Tisch steht ein Kräusen Pils, in den Händen hält er einen Druckbleistift und einen Zeichenblock, in den er mit lockeren Strichen das Wirtshaus skizziert.

»Ist hier noch frei?«

Weynberg springt auf. »Sarah, was für eine Überraschung.«

Sie ist gerührt angesichts der Freude, die in seinen Augen leuchtet. »Wir müssen dringend reden, aber nicht hier.«

Sarah bestellt sich einen Cappuccino. Nachdem die Bedienung gegangen ist, flüstert sie Weynberg ins Ohr. »Ich bin bei dir eingezogen. Bernd und ich trennen uns.«

Weynbergs Gesicht hellt sich auf. »Heißt das …?«

»Nein, das heißt gar nichts.« Sie senkt ihre Stimme. »Obwohl wir letztens wieder eine Nchte zusammen verbracht haben, ist das Thema Ehrlichkeit zwischen uns noch nicht durch. Übrigens: Albrecht hat Bernd von unserem Verhältnis erzählt.«

»Diese miese Ratte hat die Quittung dafür gekriegt, dass er seine Frau umgebracht hat, oder hat umbringen lassen, und dass er seine Klappe nicht halten konnte.«

»Darf ich vorerst bei dir wohnen, auch wenn die Entscheidung über unsere gemeinsame Zukunft offen ist? Ich wüsste sonst auf die Schnelle nicht wohin?«

Weynberg greift ihre Hand. »Du musst nicht fragen. Bleib, so lange du willst.«

»Ich hatte schon Zweifel, weil du mein Foto aus dem Bilderrahmen genommen hast.«

Weynberg grinst über sein ganzes Gesicht. »Das trage ich direkt am Herzen.« Er fummelt in der Innentasche seiner Jacke herum und hofft, die Aufnahme von Sarah und nicht die von Anna herauszuziehen. Sarahs Foto ist etwas schmaler und lässt sich dadurch ertasten, dennoch bleibt ein Restrisiko. Er hat Glück, stolz hebt er ihr Porträt hoch.

Sarah schaut ihn mit gespielter Entrüstung an. »Das Bild hat ja Falten.«

»Du aber nicht. Selbst wenn, würde ich jede einzelne Falte lieben.«

Sie lacht. »Rutsch nicht auf deiner Schleimspur aus. Trotzdem danke für das Asyl, dann werde ich mal meine Sachen von Bernd holen.«

»Ich komme mit, wer weiß, zu welchen Unüberlegtheiten dein Mann fähig ist?«

»Er wird es nicht wagen, mich anzurühren.«

Die Bedienung bringt den Cappuccino. »Wir möchten gleich zahlen.« Sarah Maar öffnet ihr Portemonnaie. »Zusammen bitte.«

Sie wartet, bis die Kellnerin gegangen ist. »Lass uns das Thema verschieben, Jannik, es gibt Wichtigeres. Aber nicht hier, wir gehen in die Wallanlagen.« Sie nippt an ihrem Cappuccino. »Komm, mein Kaffee ist noch zu heiß, darauf kann ich nicht warten.«

Weynberg lässt sein Bier ebenfalls stehen. »Entschuldige die Unordnung in meiner Wohnung, ich habe gestern aus Frust keine Lust mehr verspürt, die Spuren von

Markus Heidorns Besuch zu beseitigen. Die Mordkommission hat angedeutet, ich wäre einer der Verdächtigen hinsichtlich des Todes oder Verschwindens von Michael Albrecht. Ist es das, was du mir sagen willst?«

Sarah hält einen Finger vor ihre Lippen. »Gleich.«

Sie gehen am ehemaligen Polizeipräsidium vorbei in die Wallanlagen. Auf einem menschenleeren Pfad direkt am Wasser deutet Sarah auf eine Bank. »Die Polizei hat Albrechts Leiche im Kofferraum deines Autos gefunden und als Tatwaffe ein Tiefdruckwerkzeug identifiziert, einen Stichel für Kupferstiche mit einem Hartholzgriff in Pilzform, auf dem sich deine Fingerabdrücke befinden.«

Weynberg weicht sämtliche Farbe aus dem Gesicht. »Was wird hier gespielt?«

Sarah packt ihn am Arm. »Mach nicht schlapp. Komm, setz dich.« Sie drückt ihn auf die Bank. »Kann ich dir ein Alibi geben?«

»Klar, du bist zu beiden Tatzeiten bei mir gewesen.«

»Kein Problem, aber ich bin mir nicht sicher, ob man mir glauben wird. Wo willst du hin, zu Hause wartet die Polizei auf dich?«

»Ich habe schon eine Idee. Die Frage ist auch, wie wir in Verbindung bleiben können?«

»Dein Handy darfst du nicht einschalten.«

Weynberg zieht sie zu sich auf die Bank. »Ich weiß, nur im Notfall und nur kurz. Wir sollten uns über einen

Treffpunkt einigen, damit wir nicht am Telefon diskutieren müssen. Was hältst du vom Schnoor?«

»Dort wäre es zu öffentlich.«

»Die Gefahr besteht überall. Im Schnoor sind immer Leute, da fällt man nicht auf und es ist für dich ungefährlich. Außerdem gibt es da viele Richtungen, in die ich verschwinden könnte. Du müsstest nur darauf achten, dass dich niemand verfolgt, wenn wir uns treffen wollen.«

»Gut, habe ich gespeichert. Darf ich deinen PC benutzen?«

»Warum nicht? Bevor du wieder behauptest, ich hätte Geheimnisse vor dir: Es ist eine Mail von Anna gekommen. Abgeschickt aus dem Internetcafé ›Am Schwarzen Meer‹. Ich bin hingegangen.«

Sarah verzieht ihr Gesicht. »Du hast nach Anna gefragt und ein Foto von ihr und von mir gezeigt, stimmt´s?«

»Ich gestehe, du hast mich ertappt.«

»Deshalb trägst du also mein Bild direkt am Herzen. Was hat man zu den Fotos gesagt?«

»Man hat Anna und auch dich wiedererkannt.« Weynberg hebt entschuldigend die Hände. »War eine blöde Idee, beide Fotos zu zeigen. Ich wollte nur herausfinden, ob Anna wirklich dort war.« Er bewegt unruhig seine Füße. »Falls während meiner Abwesenheit eine zweite Mail von Anna käme, wäre es nett von dir, ins

Internetcafé zu gehen und nach der Frau zu fragen, die die Nachricht abgeschickt hat.«

»Wenn ich Anna treffe, soll ich mir einen gemütlichen Abend mit ihr machen oder sie nur von dir grüßen?«

Weynberg stützt sein Gesicht in die Hände. »Sei bitte nicht so bissig, Sarah. Ich habe keine Ahnung, warum sich Anna meldet, und glaube auch nicht, dass sie es ist.«

»Wie ist Anna überhaupt verschwunden?«

»Wir wollten ins Theater. Sie hat mich vorausgeschickt. Statt mich wie versprochen im Theatro abzuholen, hat sie sich in Luft aufgelöst.«

»Das muss für dich eine furchtbare Situation gewesen sein.«

»Ist es immer noch, ich habe Anna geliebt und kann nach wie vor nicht verarbeiten, dass sie verschwunden ist. Trotzdem Sarah, ich werde in dir niemals einen Ersatz für Anna sehen. Sollte sie wieder auftauchen, entscheide ich mich für dich.« Er blickt in ihre grünen Augen, die leicht feucht glänzen.

Sarah steht auf und stützt sich mit beiden Armen auf dem Geländer ab, das sie vom Wassergraben trennt. »Wie kannst du dir so sicher sein? Stände Anna vor dir, wäre das für dich sehr emotional. Du könntest sie nicht wegschicken.«

Weynberg stellt sich neben Sarah und betrachtet einen Moment ein Entenpaar, bevor er antwortet. »Lass uns heiraten, Sarah, ich habe mich für dich entschieden. Es liegt allein an dir.«

»Hast du dir mal Gedanken darüber gemacht, warum Anna verschwunden sein könnte?«

»Selbstverständlich, wieso fragst du? Ihr ist etwas zugestoßen oder sie war meiner überdrüssig, was ich allerdings gemerkt hätte.«

»Was sollte ihr an einem frühen Abend, wenn die Straßen belebt sind, passiert sein? Klar, es geschehen Dinge, mit denen niemand rechnet. Man könnte sie in eurer Wohnung überfallen haben, als sie gehen wollte und die Tür geöffnet hat. Was weiß ich?« Sarah zuckt mit den Schultern. »Du musst aber auch dich hinterfragen, dich deinen Fehlern stellen.«

Weynberg sieht Sarah fragend an.

»Guck nicht wie ein begossener Pudel. Du lässt dich zu sehr hängen und hast zu wenig Ehrgeiz. Außerdem bist du besitzergreifend. Das zeigst du mir gegenüber, indem du mir einen Heiratsantrag machst, obwohl ich noch verheiratet bin und Bedenken habe, ob ich dir in Sachen Offenheit vertrauen kann.« Sie legt ihm eine Hand auf den Arm. »Das ist kein Nein meinerseits. Wenn du dich an Anna aber auch so geklammert hast, könnte sie sich abgesetzt haben. In dem Fall hätte sie das Gespräch mit dir gescheut, weil sie Angst vor deiner Reaktion oder nicht die Kraft dafür hatte.«

Weynberg setzt sich wieder auf die Bank. »Glaubst du, ich hätte ihr was angetan? Traust du mir so was zu?

Albrecht hat mir diese Möglichkeit unterstellt und behauptet, ich könnte die Tat in mein Unterbewusstsein verdrängt haben.«

»Nein, du bist nicht brutal, eher feinfühlig und zärtlich, was mir sehr gefällt. Andererseits würdest du auf jede Frau einreden, bis ihr die Ohren abfallen. Hast du Anna ebenfalls einen Antrag gemacht?«

»Vierzehn Tage vor ihrem Verschwinden.«

»Und?«

»Sie hatte noch nicht geantwortet.«

»Ich bin keine Hellseherin, aber das passt zu meiner Theorie.«

»Vergiss es. Sie hätte ihren Schmuck, zumindest einen Teil ihrer Klamotten und garantiert ihren Personalausweis mitgenommen. Ihre Sachen liegen immer noch bei mir rum. Das hat jedoch nichts mit Kult, sondern mit Bequemlichkeit zu tun.«

»Wenn man so was plant, beschafft man sich vorher einen neuen Ausweis und legt sich gegebenenfalls eine andere Identität zu. Und Kleidung kann man überall kaufen.« Sie setzt sich auf seinen Schoß. »Mach ein fröhliches Gesicht. Endlich hast du das Geheimnis um Anna ein bisschen gelüftet. Über deinen Antrag denke ich nach, aber lass mir Zeit. Ich werde dich jedenfalls nicht verlassen, ohne dir Bescheid zu sagen. Jetzt verrate mir, wo du dich verstecken willst.«

»In einem Kleingarten in der Pauliner Marsch. Die Parzelle gehört der Mutter von Kurt Bergmann, der ebenfalls des Mordes an Melanie Albrecht verdächtigt worden ist. Er hatte sich dort in der Gartenhütte versteckt, in der ich mich mit ihm getroffen habe.«

»Die Polizei müsste von der Parzelle wissen, solch ein Grundstück wird eingetragen. Nicht dass sie dich dort erwischen.«

»Mir bleibt keine Wahl.«

Sarah umarmt ihn. »Pass auf dich auf und geh erst hin, wenn´s dunkel ist.«

»Ich habe vorher sowieso noch was zu erledigen. Heute Morgen hat mir ein Stalker, der Melanie Albrecht nachgestellt hat, von einer Frau mit kurzen blonden Haaren erzählt. Sie sei ihm aufgefallen, als er Albrecht hinterhergefahren ist. Der Mann hat versprochen, mir Fotos der Frau und ihre Adresse zu geben.«

Sarah krallt ihre Finger in Weynbergs Arme. »Du spinnst wohl? Was ist, wenn die Polizei Wind von dem Stalker bekommen hat und in seiner Wohnung auf dich wartet?«

Weynberg macht sich frei. »Sarah, diese Frau ist vielleicht die Person, die mich verfolgt. Ich muss sie finden, sie könnte den Schlüssel zur Aufklärung der Morde liefern. Mit Albrechts Leiche im Kofferraum kann ich den Fall nicht aussitzen.«

Weynberg steigt in der Gastfeldstraße aus dem Bus. Sarah hat recht, er könnte in eine Falle laufen. Hat Wendt auf ihn gehört und sich die Akte über Wiegand besorgt, wird er mit dem Mann sprechen wollen. Die Frage ist, ob die Bullen Wiegand schon vernommen haben und ob der erzählt hat, dass er, Weynberg, ihn besuchen will. Alles Grübeln hilft nicht, es gibt nur zwei Möglichkeiten. Er kann die Sache durchziehen oder mit dem nächsten Bus zurückfahren. Weynberg entscheidet sich, weiterzumachen.

Der Anordnung der Namensschilder nach zu urteilen, müsste Wiegand oben im dritten Stock des gelben Mietshauses wohnen. Weynberg drückt auf den Klingelknopf. Keine Reaktion. Könnte Wiegand von sich aus zur Polizei gegangen sein? Dann würde er aufmachen, um ihn in eine Falle laufen zu lassen. Weynberg ist unschlüssig, ob er eine andere Klingel drücken soll. Schließlich hört er, wie jemand die Treppe herunterkommt. Die durchschnittlich große schlanke Frau mit rundlichem Gesicht und kurzen blonden Haaren, die aus dem Haus kommt, tritt ohne zu zögern zu. Weynberg kann sich leicht wegdrehen, aber der Treffer sitzt. Seit seiner Jugend ist er jeder körperlichen Auseinandersetzung ausgewichen, hat nie Schläge einstecken müssen, und nun das. Stöhnend fällt er gegen die Tür. Er sieht, wie sich die Frau eine Kapuze über den Kopf zieht und in einem Trainingsanzug mit drei Streifen und Turnschuhen von Nike in die beginnende Nacht eintaucht.

Sarah Maar verspürt keine Lust auf Weynbergs leere Wohnung. Sie schlendert durch die Stadt und kauft sich das Buch ›Mann im Dunkel‹ von Paul Auster. Anschließend geht sie ins Engel Weincafé und setzt sich auf den Platz am Fenster, von dem aus Jannik ihr sehnsüchtige Blicke zugeworfen hat. Ohne es zu ahnen, bestellt sie den Montepulciano aus den Abruzzen, den Weynberg bei seinem letzten Besuch getrunken hat, und isst einen Flammkuchen. Nach dem zweiten Glas Wein glaubt sie, die nötige Bettschwere zu haben, um trotz ihrer Sorgen schlafen zu können. Am Sankt-Pauli-Deich angekommen hat sie nur noch den Wunsch, ins Bett zu gehen. Als sie den Schlüssel in die Haustür steckt, lässt sie ein Geräusch herumfahren.

Weynberg ahnt, dass Wiegand ihm keine Bilder mehr zeigen wird. Immerhin hat sein Schatten jetzt ein Gesicht. Sein eigenes ist schmerzverzerrt. Er gibt aber nicht auf, schleppt sich die Treppe rauf. Die Wohnungstür ist angelehnt. Einbruchsspuren sind nicht zu erkennen. Hat die Frau geklingelt und ist gleich, schnell wie sie ist, über Wiegand hergefallen? In Erinnerung an die Blonde fasst Weynberg sich an die Hoden, als könnte er die Schmerzen durch Handauflegen lindern. Um keine Fingerabdrücke zu hinterlassen, schiebt er die Wohnungstür mit seinem linken Ellenbogen auf. Über einen kurzen Flur, vorbei an einer Garderobe aus schwarzem Stahlrohr, gelangt er ins Wohnzimmer. Max Wiegand hängt schräg in einem Sessel, dessen Polster sich mit Blut aus seinen Wunden vollsaugt. Weynberg zählt sechs Einstiche. Das ist Schicksal, denkt er. Wiegand ist den Frauen nachgelaufen und keine wollte was von ihm wissen. Bis auf eine Ausnahme und die hat sofort tödliches Interesse an ihm gezeigt.

Er schaut sich um. Die Schubladen der Schrankwand, die mit ihrem Nussbaumfurnier an die Sechzigerjahre des letzten Jahrhunderts erinnert, sind herausgezogen, die Türen geöffnet. Auf dem Fußboden liegen Ordner, aufgeschlagene Fotoalben, Bücher und Tischdecken durcheinander. Weynberg inspiziert die anderen Zimmer. In der Küche und im Schlafzimmer sieht es ähnlich aus. Nervös kratzt er sich am Kopf. Stichprobenartig kontrolliert er, ob sein Schatten etwas übersehen hat, findet jedoch nichts. Mit einem Küchenhandtuch wischt er die Stellen ab, an denen er Fingerabdrücke hinterlassen haben könnte. Im Wohnzimmer stolpert er über eine Teppichkante, fängt sich aber auf dem niedrigen Holztisch einer Sitzgruppe ab. Hastig reibt er diese Fläche mit einem Ärmel blank. Er weiß, er sollte verschwinden. Hier gibt es für ihn nichts mehr zu holen. So schnell es seine schmerzenden Hoden zulassen, humpelt er die Treppe hinunter. Woher konnte die Frau wissen, dass er zu Wiegand gehen wollte? Hat sie ihn heute Morgen verfolgt und sich die Fakten zusammengereimt? In dem Fall müsste sie schon vorher von Wiegand gewusst haben. Was zu erwarten wäre, falls sie die Geliebte von Albrecht gewesen ist.

Vor der Haustür stoppt Weynberg und lässt seinen Blick die Straße entlang wandern. Wird die Blonde gleich erneut über ihn herfallen, um ihn zu töten, weil er sie gesehen hat? Oder wartet sie in einem dunklen Hauseingang, um sich an seine Fersen zu heften? Im Bus und in der Straßenbahn könnte sie ihm nicht mehr unentdeckt folgen. Die kurze Begegnung hat ihm gereicht, sich ihr Gesicht einzuprägen. Zumal er durch seine Arbeit als Künstler gelernt hat, genau hinzuschauen. Weynberg steigt in den Bus. Ihm ist klar, dass die Blonde ihn ebenfalls beseitigen muss, da er sie beschreiben kann. Besorgt schaut er durch das Rückfenster. Sitzt sie in dem Auto, dessen Scheinwerfer wie zwei glühende Augen auf ihn gerichtet sind?

»Guten Abend, Frau Maar.« Matthias Wendt springt aus einem Kleintransporter, der vor der Haustür parkt. Er zeigt Sarah seine Polizeimarke und seinen Ausweis. »Hauptkommissar Wendt, darf ich wissen, wo sie gewesen sind?«

»Natürlich, ich habe doch keine Geheimnisse vor Ihnen.« Sarah Maar hält ihre Einkaufstüte hoch. »Ich habe mir ein Buch gekauft und eine Kleinigkeit gegessen. Möchten Sie die Restaurantquittung sehen?«

Wendt winkt ab. »Wann haben Sie sich mit Herrn Weynberg getroffen?«

»Vorher, rein zufällig, als ich durch den Schnoor gebummelt bin. Wir haben im Kleinen Olymp was getrunken. Die Quittung kann ich Ihnen auch zeigen.«

»Haben Sie Weynberg erzählt, dass wir hier auf ihn warten?«

Sarah Maar lächelt und nickt.

Wendt läuft rot an. »Meine Kollegen haben Sie über die Konsequenzen belehrt, die Sie zu tragen haben. Ich muss Sie bitten, mit ins Präsidium zu kommen.«

»Um was zu tun? Für mich gibt es keine Konsequenzen, weil Jannik Weynberg unschuldig ist. Sie können einpacken, Herr Hauptkommissar, er wird hier nicht auftauchen.« Sarah lässt Wendt stehen. An der Haustür dreht sie sich um. »Eins sollten Sie noch wissen, Herr Weynberg hat für die Tatzeiten ein Alibi. Wir waren jeweils zusammen.«

Sie hat die Wohnungstür hinter sich geschlossen, da läutet das Telefon. Es ist Weynberg. »Hör zu und frag nicht, Sarah. Ich will nur kurz telefonieren. Wiegand, der Stalker, ist tot. Die blonde Frau, von der ich dir erzählt habe, hat ihn erstochen. Mir hat sie in die Eier getreten.« Weynberg holt tief Luft. »Du kannst nicht in meiner Wohnung bleiben, Sarah. Da ich die Blonde identifizieren könnte, wird sie mich töten wollen. Sie ist bei Wiegand problemlos eingedrungen, also dürfte sie es auch bei mir versuchen. Fahr irgendwo hin, mach Urlaub. Keiner darf wissen wo, auch ich nicht. Wir müssen davon ausgehen, dass sie dich ebenfalls ermorden will, weil sie nicht weiß, was ich dir über sie gesagt habe.«

»Es ist ja richtig spannend, mit dir zusammenzuleben«, sagt Sarah. Weynberg hört es nicht, er hat aufgelegt.


»Ja bitte, aber nur eine Scheibe.« Matthias Wendt reicht seinen Teller über den Tisch, damit seine Frau ein Stück von dem Lachsbraten nachlegen kann, der vom Sonntagsessen übrig geblieben ist.

»Es freut mich, dass du zum Essen kommen konntest, Matthias.« Der Gesichtsausdruck von Petra Wendt steht im krassen Gegensatz zu ihren Worten. Sie ist wieder einmal wegen der Überstunden ihres Mannes verärgert, obwohl er daran nichts ändern kann.

Wendt versucht gar nicht erst, die Gründe für die Verspätung zu erklären. Seine Frau verschließt grundsätzlich ihre Ohren vor seinen Rechtfertigungen. Jetzt läutet auch noch das Telefon. Petra Wendt wirft ihm einen vernichtenden Blick zu und schaltet den Fernseher ein.

Wendt nimmt ab. »Wir haben einen weiteren Mord.« Frank Möller, Oberkommissar und Mitarbeiter von Wendt, lässt jede Spur von Begeisterung vermissen.

»Wer und wo?«

»Der Tote heißt Max Wiegand, wohnhaft in der Gastfeldstraße.«

»Verdammte Scheiße«, entfährt es Wendt. »Sind Sie am Tatort?«

»Ich komme, so bald ich kann.«

Wendt isst seinen Teller leer, um den Familienfrieden nicht zusätzlich zu vergiften. Dennoch fixiert seine Frau weiterhin den Fernseher, bis er die Wohnung verlässt.

Er ärgert sich darüber, Wiegand am Nachmittag an seinem Arbeitsplatz verpasst zu haben. Von der Dame am Empfang hat er erfahren, dass Weynberg frühmorgens bei Wiegand gewesen ist. Wendt hatte sich bei Dienstbeginn die Akten über die Stalking-Anzeige von Melanie Albrecht gegen Wiegand bringen lassen. Wäre er doch gleich zu dem Stalker gefahren. Weynberg ist ihm einen Schritt voraus, aber um seinen Hals zieht sich die Schlinge immer enger zu. In diesem Fall zählt er auch zu den Verdächtigen, besser gesagt ist er bislang der einzige.

»Die Mordwaffe ist diesmal ein Messer.« Möller erwartet Wendt im Treppenhaus. »Die Spusi hat mich rauskomplimentiert, als würde ich Spuren zertreten.«

Wendt schaut kurz auf die Leiche. »Ich fahre zu dieser Maar und spreche die Dame mal etwas härter an. Sind unsere Leute noch am Sankt-Pauli-Deich?«

»Wie Sie es angeordnet haben.«

»Gut, machen Sie Dampf, Möller, damit die Spusi die Spuren vom Tatort zügig auswertet.«

Sarah Maar ist nicht begeistert, Wendt so bald wiederzusehen. Sie hat einen seidenen Morgenmantel übergezogen, der ihre Figur betont und erahnen lässt, dass sie nichts darunter trägt. Wendt wünscht sich, er hätte sie bei einer anderen Gelegenheit kennengelernt.

Sie schenkt ihm ein Lächeln. »Haben Sie was vergessen, Herr Hauptkommissar?«

Wendts Vorsatz, sie härter anzusprechen, ist wie weggeblasen. »Es tut mir leid, Sie so spät noch einmal stören zu müssen. Wir brauchen Fingerabdrücke und Haare von Herrn Weynberg.«

Sarahs Lächeln wirkt jetzt gönnerhaft. »Kommen Sie rein, machen Sie´s sich gemütlich.« Sie öffnet den Küchenschrank. »Die Gläser habe ich nicht angefasst.«

Wendt greift ein Glas mit einem Beweisbeutel, ohne eigene Abdrücke zu hinterlassen.

»Nun noch eine Haarbürste?«

Wendt nickt.

Sarah geht ins Bad voraus und zieht eine Schublade auf. In dem engen Raum steht Wendt zwangsläufig dicht neben ihr. Ihn überkommt der Wunsch, die Frau zu berühren. Er hat Mühe, die Bürste einzutüten. Mit einem ›Ich will Sie nicht länger aufhalten‹, das er mehr stammelt als spricht, verlässt er die Wohnung.

Auf der Straße atmet er tief durch. Was ist los mit mir? Ist die ständige Nörgelei zu Hause der Auslöser gewesen, Sarah Maar so unwiderstehlich zu finden? Fast hätte er sich bis auf die Knochen blamiert. Wendt schüttelt den Kopf. Unverzeihlich. Er ruft Möllers Handynummer auf, verzichtet aber darauf, die Ruftaste zu drücken. Heute gibt es keine Auswertungen. Er sollte sich zu Hause mit einem kalten Bier abkühlen. Stattdessen runzelt er die Stirn. Bin ich völlig durch den Wind? Er geht zur Haustür zurück und drückt erneut die Klingel. »Entschuldigung, Frau Maar, dass ich Sie noch mal belästige. Ich muss Sie bitten, runterzukommen und mich zu begleiten.«

»Wo soll′s denn hingehen?«

»Das verrate ich Ihnen, sobald Sie unten sind.«

»Und wenn ich nicht komme?«

»Dann lasse ich Sie holen. Es ist Gefahr im Verzug.«

Sarah Maar, die sich rasch etwas straßentaugliches übergezogen hat, sieht nicht begeistert aus. Sie baut sich vor Wendt auf und stemmt ihre Fäuste in die Hüften. »Jetzt bin ich aber gespannt, wohin wir fahren.«

Wendt setzt einen strengen Blick auf. Er ist froh, seine Gefühle wieder im Griff zu haben. »Wir statten Weynbergs Atelier einen Besuch ab, wo immer das sein mag. Er wird ja wohl als Künstler ein Atelier besitzen?«

»Und falls ich nein sage? Brauchen Sie dafür keinen Durchsuchungsbeschluss?«

»An sich ja, aber da Gefahr im Verzug ist, geht es auch ohne richterlichen Segen. Es könnte doch sein, dass Weynberg in seinem Atelier Unterlagen vernichtet, die ihn belasten würden.«

Sarah wirft ihm einen spöttischen Blick zu. »Was für ein Schwachsinn, Sie hoffen, ihn dort zu treffen. Habe ich recht?«

»Das wäre ein Zusatznutzen.« Wendt öffnet die Beifahrertür seines Dienstwagens. »Bitte steigen Sie ein, Frau Maar, ich habe heute Abend noch was Besseres vor.«

Jannik Weynberg hat als Kind eine Heidenangst gehabt, wenn er mit seiner Großmutter zwischen dunklen Schrebergärten zum Vereinsheim gegangen ist. Oma hat ihn, stolz wie ein Pfau, gern herumgezeigt. Also ist es seine Pflicht gewesen, sie zum Erntedankfest des Kleingartenvereins und zu anderen Anlässen zu begleiten. Anschließend hat sie ihm stets ein paar Mark zugesteckt, mit denen er seine bereits vorhandene Geldnot mindern konnte. Die Vorfreude darauf ist jedes Mal von Schatten verdrängt worden, die im Mondlicht in den Gärten und auf den Wegen hin und her gehuscht sind und mit langen Extremitäten nach ihm gegriffen haben. Seine Oma hat ihn ausgelacht, sobald er sich mit seiner zitternden kleinen Hand an einen ihrer Finger geklammert hat.

Diese Angst haust weiterhin in seinem Innern und wartet darauf, freigelassen zu werden. Er schaut sich um. Ein leichter Wind ist aufgekommen, bewegt Büsche, Hecken und Bäume und verwischt die Grenze zwischen Realität und Illusion. Für einen Moment glaubt Weynberg, eine Person zu sehen, die hinter einen Busch springt. Spielt ihm seine Fantasie einen Streich oder ist er ihm ganz nah, sein blonder Schatten?

Er muss sich beeilen, wenn er die Gartenhütte der Bergmanns erreichen will, ohne seiner Verfolgerin, sofern sie da sein sollte, den Weg zu weisen. Vor dem Gartentor stehend blickt er zurück. Auf der Weser fährt ein Binnenschiff vorbei. Von der Blonden keine Spur, zumindest keine sichtbare. Ungeschickt klettert er über das Tor. Auf dem Weg zur Hütte tritt er beinahe gegen eine verrostete Blechdose, die er im Mondschein fast übersehen hätte. Die Hütte findet er unverschlossen und verlassen vor. Er drückt die Tür sanft von innen zu und lässt sich im Dunkeln auf die abgenutzte Eckbank fallen. Lauscht dem Pochen seines Herzens, das ihm bedrohlich vorkommt. Aber was ist das verglichen mit dem Scheppern der Blechdose, das ihm durch Mark und Bein dringt?

Wendt parkt seinen Wagen 200 Meter vom Atelier entfernt. Sarah Maar will aussteigen, er hält sie am Arm fest. »Dass wir uns klar verstehen, Frau Maar: Sie rufen keine Warnung und wir verhalten uns auch sonst leise. Und kommen Sie mir nicht mit der Ausrede, der Schlüssel läge in Weynbergs Wohnung und Sie müssten noch mal zurück. Diese Chance, ihn telefonisch zu warnen, gebe ich Ihnen nicht. Entweder Sie kooperieren, oder Sie verbringen eine Nacht in der Zelle und kriegen eine Anzeige wegen Strafvereitelung. Habe ich mich deutlich ausgedrückt?«

»Sie haben ja lange genug geredet. Würden Sie mich bitte loslassen?«

Sarah Maar schließt die Tür auf und öffnet die Fenster. »Er ist nicht da, sonst hätte er gelüftet.«

Wendt sieht sich um. »Wo bewahrt Herr Weynberg seine Radierwerkzeuge auf?«

Sarah macht den Schrank auf, in dessen Schubladen Weynberg unter anderem seine Arbeitsutensilien lagert, und zieht wahllos zwei Schubladen heraus. »Was suchen Sie?«

»Den Stichel, der nicht da sein dürfte, weil Weynberg ihn in der Leiche von Michael Albrecht zurückgelassen hat.«

»Wie sollte der Stichel zurückgekehrt sein, die Polizei hat ihn doch sichergestellt? Und warum sollte Jannik, wäre er der Täter, die Mordwaffe im Opfer stecken lassen? Wir verplempern hier nur unsere Zeit. Ich könnte längst schlafen.«

»Vielleicht hat er im Stress der Tat vergessen, den Stichel herauszuziehen.« Wendt schaut in alle Schubladen, ohne ein solches Werkzeug zu finden. Triumphierend blickt er Sarah an. »Das ist ein weiteres Indiz für Weynbergs Schuld. Hätte ich hier einen Stichel gefunden, hätte er behaupten können, der andere sei nicht seiner. Den hätte er einem seiner Kursteilnehmer geschenkt oder verkauft, weil er zwei hatte und nur einen braucht.«

Sarah Maar gähnt. »Sind Sie fertig, ich bin wirklich müde?«

»Geduld, Geduld, Frau Maar. Ich werde auch zu Hause erwartet, aber die Arbeit geht vor.« Sein Blick fällt auf den Tisch. »Schauen Sie mal, der Bremer Tageskurier mit einem Bericht über den Mordfall Melanie Albrecht.« Er faltet die Zeitung auseinander. »Das muss Weynberg sehr interessiert haben.«

Sarah verschließt ihre Ohren vor Wendts Gerede. Sie setzt sich auf das weinrote Dreiersofa, auf dem sie manch schöne Stunde mit Jannik verbracht hat. Hoffentlich erhalten sie beide noch einmal die Gelegenheit dazu. Beklemmung beschleicht sie. Ob sie ihn überhaupt wiedersehen wird? Weshalb musste sie ihn heute wegen Anna nerven? Und die letzten Worte, die sie ihm am Telefon gesagt hat – es ist ja richtig spannend, mit dir zusammenzuleben – hat er nicht mal gehört.

*Ob drei oder vier Morde, was ändert das noch. Für dich gibt es keine Umkehr. Weynberg wird die Nummer vier. Er darf nicht weiterleben, weil er dich gesehen hat und der Polizei bei einem Phantombild helfen könnte. Aber auch die Bullen wissen nicht, wo er sich aufhält. Selbst Sarah hat offensichtlich keine Ahnung. Du musst also warten, bis du sie zwingen kannst, sein Versteck zu verraten. Notfalls versuchst du, Weynberg mit deinem Reserveplan in die Falle zu locken.*

»Weynberg, sind Sie da drin?«

Jannik Weynberg tastet im Dunkeln nach dem alten Küchenschrank. Er zieht eine Schublade auf und lässt seine Finger über den Besteckkasten gleiten, bis sie an einem langen Messer stoppen. Vorsichtig prüft er die Schärfe mit einer Daumenkuppe und stellt sich, bereit zuzustechen, neben die Tür.

»Weynberg, sind Sie's nun oder nicht? Ich bin's, Kurt Bergmann.«

Weynberg atmet kurz durch. Die Polizei ist nur die zweitschlechteste Variante. »Was wollen Sie, Bergmann, mich verhaften?«

Bergmann lacht. »Nein, mich vor den Bullen verstecken.«

Weynberg öffnet die Tür. Das Licht einer Taschenlampe blendet ihn, bevor Bergmann den gebündelten Strahl auf das Messer in seiner Hand richtet. »Wen erwarten Sie denn?«

»Meinen Schatten.« Weynberg geht einen Schritt zur Seite, um Bergmann hereinzulassen. »Ich habe vorhin sein Gesicht gesehen. Besser gesagt, das einer blonden Frau.«

Bergmann lässt sich auf die Eckbank fallen, holt eine Schachtel Streichhölzer aus der Hosentasche und zündet eine Kerze an. »Eine Frau? Ich fasse es nicht.«

»Warum sind Ihre Kollegen wieder hinter Ihnen her?«

»Sie haben Haare von mir in Albrechts Küche gefunden, obwohl ich dort nie gewesen bin.«

»Und wie kommen die Haare Ihrer Meinung nach in die Küche?«

»Ich vermute, Melanies Mörder oder Mörderin hat sie nach der Tat mitgenommen und am zweiten Tatort zurückgelassen.« Bergmann deutet auf das Messer, das Weynberg weiterhin umklammert. »Packen Sie endlich das Ding weg, Sie machen mich nervös.«

Weynberg legt das Messer griffbereit auf die Anrichte. »Haben Sie schon vom nächsten Mord gehört?«

»Nein, wer ist das Opfer?«

»Max Wiegand, ein Stalker, der Melanie Albrecht verfolgt hat.«

»Von dem hat sie mir ein paar Mal erzählt. Langsam werden die Zusammenhänge deutlicher.«

Weynberg setzt sich auf den Küchenstuhl. »Klären Sie mich auf.«

»Wir haben das doch alles besprochen. Falls Albrecht seine Frau loswerden wollte, ohne für ihren Unterhalt aufkommen zu müssen, hatte er nur eine Möglichkeit: sie zu töten.«

»Mir sträuben sich die Haare, wenn ich daran denke, dass er als Täter so abgebrüht sein konnte, mich mit den Ermittlungen zu beauftragen.«

Bergmanns Gesicht spiegelt seine Verbitterung. »Ich war Melanies Liebhaber und damit derjenige, dem er meinte, den Mord anhängen zu können. Er brauchte nur eine neutrale Person, die die Ermittlungen in die gewünschte Bahn lenkt. Diese Person hat er in Ihnen gefunden, ob es Ihnen passt oder nicht. Ein privater Schnüffler, der sich in seiner ersten Rolle als Mordermittler gefällt.« Bergmann knetet das Wachs, das an der Kerze herunterläuft, zwischen Daumen und Zeigefinger. »Ich möchte Sie nicht beleidigen, Herr Weynberg, aber Sie sollten den Tatsachen ins Auge sehen.«

Weynberg läuft rot an, er hat ebenfalls in diese Richtung gedacht.

Bergmann klopft ihm aufmunternd auf die Schulter. »Ich muss Sie allerdings auch loben. Albrechts Plan ist offensichtlich an Ihnen gescheitert. Wissen Sie, was ich denke? Albrecht ist in Panik geraten, weil Sie ihn verdächtigt und nicht lockergelassen haben. Diese Panik hat sich auf seine Partnerin übertragen, auf die blonde Frau, von der Sie gesprochen haben. Die unbekannte, geheimnisvolle Frau hat Melanie getötet. Sie hat sich dadurch eine tiefere Beziehung zu Albrecht versprochen. Wer sollte Sie schon verdächtigen? Dann wurde sie von Albrechts Panik angesteckt und hat gehandelt, bevor sich die Polizei für sie interessieren konnte. Anschließend musste sie den Stalker töten, der sie vor Albrechts Reihenhaus gesehen haben könnte.«

Weynberg wischt sich mit den Händen durchs Gesicht. »Das heißt, meine Lebensgefährtin und ich sind die einzigen Verbliebenen auf der Todesliste dieser Frau, weil wir sie mit den Morden in Verbindung bringen könnten.«

»Genau. Die Frau ist erst aus dem Schneider, wenn Sie und ihre Freundin erledigt sind. An euren Leichen wird sie auch Haare von mir hinterlassen. Somit wäre die Beweiskette geschlossen. Für die Kollegen wäre ich der Mörder von Melanie und Michael Albrecht, was man ohnehin wieder in Betracht zieht. Außerdem würde man annehmen, ich hätte die Personen, die etwas über die Morde wissen könnten, ebenfalls liquidiert. Sie als Schnüffler, Ihre Geliebte als Mitwisserin, Denise Schröder als Melanies Freundin und den Stalker, der alles beobachtet haben könnte.«

»Ist noch Bier im Haus?«

»In der Besenkammer.« Bergmann flucht, weil er sich an der Tür seinen Kopf stößt. Er stellt vier Flaschen Becks auf den Tisch. »Wir müssen schneller sein als die Täterin. Sie wird nicht gleich verschwinden, zumal sie damit rechnen dürfte, dass die Polizei nach Ihren Angaben ein Phantombild anfertigt.«

Weynberg öffnet zwei Flaschen. Sie stoßen an.

»Das Schicksal hat uns zusammengeschweißt«, sagt Bergmann. »Entweder lösen wir den Fall oder es endet böse für uns. Angesichts dieser Situation sollten wir uns duzen.«

Weynberg nickt. »Jannik.«

»Kurt.«

Weynberg trinkt einen Schluck Bier. »Die Frage ist nur, wo wir ansetzen könnten? Was hältst du von einem Zeitungsartikel. Ich habe Beziehungen zu einem Mitarbeiter im Feuilleton des Bremer Tageskuriers, der uns eventuell helfen würde. Stände in der Zeitung, ich hätte der Polizei angeboten, die Frau für ein Phantombild zu beschreiben, müsste sie handeln.«

»Die Idee halte ich grundsätzlich für gut. Wir sollten ihr aber einen Ansatzpunkt bieten, einen Ort, an dem sie dich finden kann.«

Weynberg lächelt gequält. »Lockvogel soll ein ungesunder Beruf sein. Ich mache es, falls uns eine geeignete Strategie und ein passender Ort einfallen.«

Bergmann öffnet die beiden anderen Becks. »Es ist spät. Lass uns das Bier trinken und dann schlafen. Morgen grübeln wir weiter über eine Lösung nach.«

»Du hast recht. Ich versuche noch mal, meine Lebensgefährtin zu erreichen.«

»Bist du verrückt, die Kollegen werden dich orten.«

Weynberg zeigt ein nostalgisches Handy. »Mein Smartphone, das die Polizei kennt, habe ich in der Nähe meines Ateliers versteckt und stumm geschaltet, mit Anrufweiterschaltung auf dieses uralte Gerät. Das Smartphone finden die nicht, selbst wenn sie es orten. Falls ein Anruf weitergeschaltet wird und mir der Anrufer suspekt vorkommt, drücke ich ihn sofort weg. Und mit meiner Freundin spreche ich auch nur kurz.«

Er schaltet das Handy ein, das gleich darauf klingelt. »Bitte entschuldigen Sie die späte Störung. Ich bin zufällig auf Ihre Homepage gestoßen und habe gelesen, dass Sie pikante Bilder zeichnen. Ginge das morgen Nachmittag?«

Er zögert einen Moment. »Ich will kein Spielverderber sein. Um sechszehn Uhr nehme ich mir Zeit für Sie. Kommen Sie bitte in mein Atelier.« Er nennt ihr die Adresse.

»Sie sind ein Schatz. Also tschüs bis dann.«

»Ich habe den falschen Job«, sagt Bergmann, der mitgehört hat.

Weynberg winkt ab. »Das hört sich einfach an, ist es aber nicht. Eine Zeichnung ist zwar relativ schnell gemacht, oft haben die Damen jedoch was auszusetzen. Dabei geht es stets um Korrekturen an der Wahrheit. Mal sehen, wie es morgen läuft, ich muss ohnehin ins Atelier, habe mehrere Anmeldungen zu einem Workshop.«

Bergmann sieht ihn fragend an. »Was ist, wenn Albrecht der Blonden die Adresse deines Ateliers verraten hat? Oder wusste er nichts davon?«

»Doch, er ist mal da gewesen. Hoffentlich hat er meinem Schatten und der Polizei nichts vom Atelier erzählt.« Weynberg zuckt die Schultern. »Ich habe sowieso keine Wahl. Die Termine muss ich wahrnehmen, ich brauche das Geld.«

Bergmann gähnt herzhaft. »Lass aber dein Handy aus. Das Gespräch eben hast du angenommen, obwohl du die Frau nicht kennst.«

»Sie ist gleich zum Thema gekommen. In dem kurzen Zeitfenster haben es deine Kollegen unmöglich geschafft, uns zu orten. Ich kann nicht vor der ganzen Welt abtauchen.«

»Wir sollten überlegen, wohin du die Blonde locken könntest. Diese Frage lässt mir keine Ruhe.«

»Der Redakteur, Clemens Kaltenbach heißt er, könnte in dem Artikel anklingen lassen, dass sich in Albrechts Haus laut meiner Aussage ein Indiz für die Schuld der Blonden befände. Es müsste ein Hinweis sein, den sie, nicht aber die Polizei versteht. Wir warten dann beide dort, bis sie aufkreuzt.«

»Klingt gut. An was denkst du?«

»An einen persönlichen Gegenstand, der nur ihr gehören kann. Was weiß ich?«

Bergmann gähnt. »Es macht heute doch keinen Sinn mehr. Wir sollten morgen ins Detail gehen.« Er zieht sein Portemonnaie aus der Hosentasche. »Kopf oder Zahl?«

»Wie bitte?«

»Wir losen, wer auf der Eckbank und wer auf dem Fußboden schlafen darf.«

Weynberg muss mit dem Boden vorliebnehmen. Er wickelt eine Küchenschürze zusammen, die er als Kopfkissen benutzt. So bin ich näher am Messer, denkt er, nicht wissend, was er von seinem neuen Duzfreund Kurt halten soll. Seine Gedanken wandern zu Sarah. Hoffentlich ist sie außer Gefahr? Bald hört er Kurt schnarchen. Er tippt Sarahs Nummer in sein uraltes Handy ein, wählt und trifft erneut auf ihre Mailbox. Sorgt er sich unnötig? Hat sie seinen Rat befolgt und ist untergetaucht?

## ELF

Weynberg hockt deprimiert auf einer Sessellehne. Er hat seine Wohnung erst betreten, nachdem er die Umgebung des Hauses gründlich observiert und nach Ermittlern Ausschau gehalten hatte. Zum zigsten Mal wählt er Sarahs Handynummer, wieder die Ansage des Anrufbeantworters. Ist die Blonde hier gewesen, ist Sarah was passiert? Innerlich aufgewühlt probiert er, sie in seinem Atelier anzurufen. Ebenfalls erfolglos. Wo könnte sie sein? Von einer Freundin hat Sarah ihm nie erzählt. Ratlos beschließt er, zum Atelier zu fahren. Hat sie dort übernachtet, so unwahrscheinlich das sein mag, und ist noch im Reich der Träume?

Auf seinem Fahrrad fallen ihm Bergmanns Worte ein: »Was ist, wenn Albrecht der Blonden die Adresse deines Ateliers verraten hat?« Ein Satz, der jetzt sein Denken beherrscht.

Im Atelier ist zwischenzeitlich jemand gewesen, ohne dass Weynberg genau sagen könnte, was ihn beunruhigt. Die Schublade, in der seine Radierwerkzeuge liegen, steht auf, vielleicht hat er sie selbst offengelassen? Die Tageszeitung mit dem Bericht über den Mordfall Melanie Albrecht liegt aufgeschlagen auf dem Tisch, obwohl er meint, sie zusammengefaltet zu haben. Er schaut in alle Räume, zuckt mit den Schultern und lüftet. Ihm bleibt nur, die abschließenden Vorbereitungen für den Workshop zu treffen. Zwischendurch versucht er wieder und wieder, Sarah zu erreichen. Seine Sorge wächst, dass ihr was zugestoßen sein könnte. Gegen Mittag schließt er sein Atelier ab, fährt zum nächsten Bäcker, kauft zwei belegte Käsebrötchen und radelt damit zum Werdersee. Zum Schrebergarten auf der anderen Weserseite zurückzukehren, wäre ihm zu umständlich. Von düsteren Gedanken geplagt sitzt er die Zeit ab.

Bis es ihn wieder ins Atelier drängt. Dort parkt ein Polizeifahrzeug, was seine Stimmung noch mehr trübt. Er huscht hinter eine Mauer. Wahrscheinlich haben die Bullen seine Anrufversuche registriert. Er sollte vorsichtiger sein, seine Angst um Sarah darf ihn auf keinen Fall zum Leichtsinn verleiten. Der Motor des Wagens wird angelassen. Es ist bestimmt nicht der letzte Besuch der Polizei gewesen.

Das Schloss der Ateliertür ist zerkratzt. Er probiert es aufzuschließen, es funktioniert noch. Die Fenster lässt er vorsichtshalber geschlossen. Wäre es besser, den Zeichentermin abzusagen? Die Türklingel reißt ihn aus seinen Überlegungen. Sind die Bullen zurück? Er blickt aus dem Fenster. Das dürfte die Anruferin von gestern Abend sein. Er wird den Termin durchziehen und versuchen, sich trotz seiner Sorgen zu konzentrieren.

Die Frau, der er öffnet, trägt eine dunkelgraue Hose und über einer weißen Bluse einen schwarzen Blazer. Er bittet sie, sich hinter dem halbhohen Wandschirm zu entkleiden und zu entscheiden, ob sie eine sitzende, stehende oder liegende Pose bevorzugt. Sie wählt, indem sie auf einen Stuhl deutet, den Weynberg ihr daraufhin bereitstellt.

*Ein genialer Plan. Du sitzt hier als Vorlage für das Phantombild, mit dem die Polizei nach der Mörderin von Jannik Weynberg fahnden wird. Für ein Bild, das lange brünette Haare und ein schlank geschminktes Gesicht zieren werden. Du spreizt deine Schenkel, siehst wie er kurz einen Blick riskiert und sich gleich wieder seiner Zeichnung zuwendet.*

*»Sie wünschen kein Aktporträt, sondern eine erotische Zeichnung, wenn ich Sie richtig verstehe, pikant wie Sie es genannt haben?«, hörst du ihn fragen.*

*»Ja, gern, oder ist das für Sie eine besondere Herausforderung?«*

*»Natürlich nicht, das ist Routine, damit verdiene ich mein Geld.«*

*»Da wir so intim beisammen sitzen, ich heiße Agnes.«*

*Er schaut dir in die Augen, ohne zu ahnen, dass er auch in die des Todes blickt. »Hallo Agnes, welch schöner Name. Meine Eltern haben mich Jannik getauft. Geht so, oder?«*

*»Stimmt, kann man mit leben.«*

*»Entschuldige, Agnes, ich möchte meine Aufmerksamkeit wieder auf die Zeichnung richten.«*

*Endlich hält er die Klappe. Du musst dich ebenfalls konzentrieren, darfst keinen Fehler machen. Schon nervt er weiter, indem er sagt, du sollst deine Position halten, als wäre das noch wichtig. Spiel mit und lass ihn das Bild vollenden, sonst fehlt dir ein Grund, hinter die spanische Wand zu gehen und das Messer zu holen.*

*Welch Gedanke? Du willst ihn verführen ohne fürchten zu müssen, dass er dich hinterher am Stammtisch oder wo auch immer durch den Dreck zieht. Sein Wissen wird diesen Raum nie verlassen. Im Gegensatz zu deiner DNA, die nirgendwo gespeichert ist. Die du auf seinem besten Stück hinterlässt, in der Gewissheit, dass man dich nicht identifizieren kann. Was für ein Spaß.*

*Verwirrt und zufrieden nach dem unerwarteten Erlebnis wird er dir anbieten, auf sein Honorar zu verzichten. Du bestehst jedoch darauf, für die Zeichnung zu zahlen, holst deine Jacke und tust, als würdest du dein Portemonnaie herausziehen. Stattdessen greifst zum Messer und stichst ihn ab. Wie Melanie, Michael und den Stalker. Ein grandioses Finale.*

Weynberg sieht ihre Erregung. »Ich bin fertig, Agnes, du kannst dir das Bild anschauen. Es ist detailgetreu, du wirst dich wiedererkennen.«

Agnes steht auf und kommt verführerisch lächelnd auf ihn zu. Ihre Locken schwingen im Rhythmus ihrer Schritte. Auf der Zeichnung stimmt jedes Detail: ihr rundliches Gesicht, ihr Trainingsanzug mit den drei Streifen und ihre Turnschuhe von Nike. Dazu ihre kurzen blonden Haare, die in loderndem Gelb aus der schwarz-weißen Zeichnung hervorstechen.

**Epilog**

Jannik Weynberg schließt sein Atelier hinter den Teilnehmern des Zeichenkurses ab. Er wird heute hier übernachten. Es ist Freitagabend, ein Wochenendworkshop liegt vor ihm. Was soll´s, er weiß kaum etwas mit freier Zeit anzufangen.

Seit zwei Jahren hat er nichts mehr von Sarah gehört. Sie ist genauso verschwunden wie Anna. Ihre Spur verliert sich am Sankt-Pauli-Deich, wo Hauptkommissar Wendt sie nach seinem Besuch im Atelier abgesetzt hat. Weynberg hat mehrmals probiert, sie anzurufen, ist jedoch nur bis zu ihrer Mailbox durchgedrungen. Er macht sich Vorwürfe, in seiner Verzweiflung zu spät an die Möglichkeit gedacht zu haben, ihr Handy orten zu lassen. Als er Wendt schließlich darum gebeten hat, ist die Ansage gekommen, die gewählte Rufnummer sei nicht vergeben. Hätte er eher reagiert, hätte er vielleicht erfahren, was mit ihr geschehen ist. Er versucht, sich damit zu trösten, dass Sarah ohne ihn und Bernd noch einmal von vorn anfangen wollte. Und dass sie ihr Glück gefunden hat. Er wünscht es ihr von Herzen, so sehr er sie vermisst. Glauben mag er nicht daran.

Bernd Maar hat er auch nicht fragen können; Sarahs Mann hat mit einem Strick um den Hals in seiner Wohnung gehangen. Hängt sein Tod mit Sarahs Verschwinden zusammen? Weynberg denkt an ihre Äußerung, sie werde ihn bei sich aufnehmen, wenn Bernd unter der Erde sei und sie alles geerbt habe. Hätte er diese Worte doch als Auftrag verstehen sollen?

Agnes ist zu lebenslanger Haft und wegen der besonderen Schwere ihrer Schuld zu anschließender Sicherheitsverwahrung verurteilt worden. Weynberg hat dies angesichts des Verschwindens von Sarah nicht mehr interessiert. Später hat er Agnes im Gefängnis besucht, weil er sich an den Strohhalm geklammert hat, sie könne etwas über Sarahs Verbleib wissen. Ein verzweifelter Versuch, der ebenfalls erfolglos gewesen ist. Sie hat ihm bestätigt, Melanie und Michael Albrecht sowie den Stalker getötet zu haben und auch ihn, Weynberg, und Sarah habe töten wollen. Zugleich hat sie jegliche Beteiligung am Verschwinden von Sarah abgestritten. Weynberg ist unsicher, ob er ihrer Aussage trauen kann. Zumal er bis dahin Agnes einziger Besucher gewesen ist und sie ihn möglicherweise nicht mit der Wahrheit konfrontieren und dadurch gleich wieder vertreiben wollte. Sie hat von sich aus gestanden, Scherze mit ihm getrieben zu haben. Etwa indem sie ihm die Mail im Namen von Anna geschickt und den Typen im Internetcafé, der Anna und Sarah erkannt haben will, bestochen hat.

Denise Schröder ist von Albrecht ermordet worden, weil sie ihm nach Melanies Tod gedroht hat, Interna über seine Ehe auszuplaudern. Das hätte ihn in den Fokus der Ermittlungen rücken können. Agnes hatte sich von der Beziehung mit ihm viel erhofft und daher seine Frau getötet. Als der Verdacht auf Albrecht gefallen ist, musste sie handeln. Der von Agnes ausgeführte Auftrag, die Tasche im Stadtwald abzuholen, ist ebenfalls eine Idee von Albrecht gewesen, um von sich abzulenken. Deshalb auch der Plan mit dem getürkten Alibi, für das er Weynberg in die Gaststätte gelockt hat. Der Scherz, die Arie Nessun Dorma abzuspielen, stammt dagegen von Agnes.

Letztlich muss Weynberg es aushalten, dass zum zweiten Mal eine Frau, die er liebt, aus seinem Leben verschwunden ist. Mit ihr seine Kreativität und alles, was für ihn von Bedeutung gewesen ist. Geblieben sind ihm seine Workshops, die Auftragsarbeiten und als neue Einnahmequelle Radierungen Bremer Motive, die an Touristen verkauft werden.

Immerhin hat er die Quittungen gefunden und damit den Beleg dafür, am fraglichen Abend im Theatro gewesen zu sein. Ob dieser Erfolg einem Freispruch seines Gewissen gleichkommt, weiß nur sein Unterbewusstsein.

Er betrachtet sein Gesicht im Atelierspiegel. Sollten Anna und Sarah wieder auftauchen, würden sie ihn nicht erkennen. Er selbst kommt sich fremd vor, bartlos und mit Haaren, die nicht einmal über die Ohren reichen. Anna hat ihn zwar so gekannt, jedoch ohne solch einen harten, verhärmten Blick. Er mag noch dreißig, vierzig oder mehr Jahre vor sich haben, mit seinem

Leben hat er abgeschlossen. Ewig brennen wird seine dumpfe Angst, die sich um das Verschwinden von Anna und Sarah rankt.

Sowohl die in diesem Roman dargestellten Personen als auch die geschilderten Ereignisse sind frei erfunden. Ähnlichkeiten mit realen noch lebenden oder toten Personen sowie mit tatsächlichen Gegebenheiten wären zufällig und nicht beabsichtigt.

# Weitere Romane von Jürgen Warmbold

## Kalte Schreie (Band 1 der Kaltenbach-Trilogie)

Was als Routine beginnt, wird zum Albtraum. Polizeireporter Clemens Kaltenbach schreibt über vermisste Jugendliche aus der Gothic-Szene. Dann geschieht in seinem privaten Umfeld ein Mord, der im Zusammenhang mit seinen Recherchen steht. Ein anonymer Anrufer behauptet, Kaltenbach, der zu diesem Zeitpunkt völlig betrunken gewesen ist, am Tatort gesehen zu haben. Kaltenbach muss die Frage seiner Schuld oder Unschuld klären und sich gleichzeitig verstecken. Er wird sowohl von der Polizei als auch von einer Person gejagt, die meint, er wisse zu viel.

## Erfrorene Seelen (Band 2 der Kaltenbach-Trilogie)

Wer hat Hannah Schwenker getötet, die man erschossen in einem Waldkindergarten findet? Der Bremer Polizeireporter Clemens Kaltenbach recherchiert unter Einheimischen, die ihn in ein Geflecht aus Egoismus, Intrigen und Drohungen verstricken. Als Kaltenbach schließlich glaubt, den Fall abschließen zu können, beginnt für ihn ein Wettlauf um Leben oder Tod. Denn sein Gegner hat ihn in der Hand und verlangt von ihm eine schwerwiegende Entscheidung. Zu allem Überfluss muss sich Kaltenbach mit einem Nebenschauplatz beschäftigen, auf dem ein Stalker seine Lebensgefährtin bedrängt.

**Falsche Schatten (Band 3 der Kaltenbach-Trilogie)**

Wer ist der mysteriöse Besucher, der sich nachts in der Wohnung der Protagonisten herumtreibt? Clemens Kaltenbach verdächtigt den Stalker, der seine Lebensgefährtin Maren Petersen verfolgt. Aber können von ihm auch die Briefe stammen, die angeblich ein Toter schickt, mit aktuellen Fotos, auf denen dieser sehr lebendig wirkt? Verfolgt Kaltenbach die richtigen oder die falschen Schatten? Woher kommt der abgrundtiefe Hass des Gegners, der ein Drehbuch geschrieben hat, das den Protagonisten ein bitteres Ende voraussagt?